Re:從零開始的異世界生活
Re: Life in a different world from zero

「一直盯著妾身的僕役看，
有什麼事嗎？
呆瓜。」
「什麼……啊！
放、放開我！
愛蜜莉雅醬會誤會的！」

「為什麼……？」

Characters

Re: Life in a different world
from zero
The only ability I got in a different world "Returns by Death"
I die again and again to save her.

Crusch

庫珥修

Crusch

卡爾斯騰公爵家當家，
男裝麗人。
騎士是菲莉絲。

菲莉絲

Ferris

造訪羅茲瓦爾宅邸、
來自王都的使者。
有貓耳。

威爾海姆

Wilhelm

和菲莉絲一同造訪羅茲瓦爾宅邸
的龍車駕駛。

普莉希拉

Priscilla

昴在王都邂逅的少女。
特徵是華麗的服裝和狂妄自大的態度。
騎士是阿爾。

阿爾

Al

戴著漆黑的全罩式頭盔，
穿著像山賊的衣服，
渾身行頭相當奇特的男子。

安娜塔西亞

Anastasia

卡拉拉基的一大勢力，
合辛商會的會長。
騎士是由里烏斯。

由里烏斯

Julius

隸屬露格尼卡王國
近衛騎士團的騎士。
別號「最優秀騎士」。

Re: Life in a different world from zero

The only ability I got in a different world "Returns by Death"
I die again and again to save her.

CONTENTS

序章
003
第一章
『再訪王都』
005
第二章
『加持，再會，約定』
044
第三章
『感情惡劣到爆的與會成員』
108
第四章
『國王候補人選及其騎士們』
161
第五章
『自稱騎士——菜月・昴』
250
終章
『騎士們的想法』
294

Re:從零開始的異世界生活4

長月達平

青文文庫

封面・內彩、內文插畫●大塚真一郎

序章　『愚者的堅持』

——像這樣被打趴在地已經幾次了呢？

堅硬地面的觸感，口腔中血和沙礫混在一起黏黏沙沙的，全身灼熱像被火焰炙烤。被打了無數次的腦袋暈眩朦朧，腫脹的左眼看不到前方。

「——不覺得繼續下去只是無謂的掙扎嗎？」

從遙遠上方俯視自己的聲音傳來。

呈大字形趴在地上，昴只能挪動臉頰仰望聲音的來源，紫髮青年正搖晃著手中木劍的前端。

以舉行儀式的純白作為基本色調的制服沒有任何髒污，既沒有喘氣也沒有流汗，唯有手中染血的木劍微微浮現在他給人的優美印象中。

「要是撤回前言低頭道歉，就能以此作結囉，怎麼樣？」

對昴的身體殘酷痛擊、不斷毆打，青年毫不留情地將他打倒在地。

他在重複這樣的行為之後，固定會扔出相同的勸降宣言。

但是昴的答案也是固定的。

「我沒錯，我絕不低頭。」

難看地流著鼻血，仰賴手中緊握的木劍站起身，昴吐掉糾結在喉嚨的血塊後大口喘氣。

實力差距顯而易見，勝負更是一目了然。別說是勝算了，就連要報一箭之仇都得依靠奇蹟。

但是那又怎麼樣？昴如此心想。

「……要撤回前言的是你們才對……喝！」

口腔內的傷口發痛，快速說完話後，昴以慢得要命的速度吶喊。

將一切灌注在捨身的一擊之中，結果……

「賭上所有也無法彌補的差距——那就是與生俱來的差異喲。」

使出全力的一擊被順勢化解，身體失去平衡，緊接著胸口吃了一劍。呼吸堵塞、視野閃爍，才剛這麼想著，下一秒顏面就受到衝擊，整個人仰倒在地。

疼痛十分劇烈，在甚至要忘記呼吸的痛苦中，昴的右眼看著天空。

仰望的蒼穹又高又遠，什麼都看不到。

望著叫人憎恨的湛藍，昴使盡吃奶的力氣再度站起。

——不管重複幾次，我都會這麼做。

僅以無止盡的怒意作為糧食，忍受像要吐血的疼痛看向前方。

怒意的矛頭究竟是正確還是錯誤？他像是要從那樣的事實中別開眼。

第一章　『再訪王都』

1

「好，最後雙手朝天高舉——勝利！」

「——勝利！」

昴舉起雙手喊出收尾的台詞，許多人也跟著出聲大喊，成為早上例行功課的廣播體操就此劃下句點。聽著吶喊的歡呼聲，昴擦去額頭上的汗水。

前方，和樂融融參與廣播體操的，是住在最靠近羅茲瓦爾宅邸的阿拉姆村居民，大概聚集了村子一半的人口吧。

看到熟悉的面孔洋溢生氣，昴也忍不住微笑。帶著緊張表情低頭的樣子，已經好一陣子沒瞧見了。

為了前陣子因魔獸騷動傷口未癒的村子，昴提議每天早上一起跳廣播體操，結果出乎意料的大受異世界居民好評，現在已經成了村裡的一大活動。

就連一開始擔心參加人數的昴，也因為魔獸事件直接受害的孩子們跳得很開心，開始感受到這麼做的價值。

原本世界的風尚也是不能小看的，特別是與廣播體操有關受到歡迎的事。

「好啦，小鬼頭們，排隊囉排隊，來蓋印章囉！」

昴一邊喊著一邊拿出來的，是前端切平的生蕃薯。把蕃薯的前端插進裝有墨汁的容器裡，然後蓋在孩子們遞出的紙張上頭。

就這樣，雕刻蕃薯的印章——蕃薯章就在紙上留下今天的力作。

「怎麼樣？新的一個禮拜就從這裡開始……蘊含這種憂愁，表現出這種感受的熱情作品『星期一的帕克』，這個垂下來的耳朵可是重點喔。」

「貓咪好可愛！」、「貓咪好棒！」、「貓咪好可憐！」

蕃薯章是從暑假廣播體操得到的靈感，每天早上，很多孩子都在期待今天會蓋什麼樣的圖案。

靠著莫名的巧手，昴巧妙地吸引童心。

和村民談笑一陣子之後，昴向他們揮手道別。

「啊——好累好累。嘿，愛蜜莉雅醬，讓妳久等了。」

「不會，沒關係，昴也辛苦了。」

村子廣場的角落，在樹蔭下靠著樹幹的少女輕聲慰勞。

少女——愛蜜莉雅撫摸著銀色長髮，一邊調整罩住頭部的帽兜一邊微笑。

「村民們似乎都重拾精神了，這都是多虧了昴。」

「我沒做什麼大不了的事啦，只是用廣播體操讓健康的血液容易在體內循環。愛蜜莉雅醬才是，每天早上都陪我過來，真是不好意思。」

「沒什麼啦，昴的身體不算完全康復，拉姆和雷姆又要忙宅邸的工作，而且我也不討厭這樣。」

「妳說的不討厭，是指跟我一起度過早晨嗎？」

「噗——錯了，是跟一直以來沒有交集的村民們……稍微有了接觸吧，我想之前是我自己畫出了界線。」

愛蜜莉雅帽兜底下的側臉看得到一抹羞紅。

那可愛的樣子，讓昴不禁感覺臉頰發熱。

最近愛蜜莉雅的每日例行工作——在庭園和微精靈聊天結束後，兩人就會到村子裡跳廣播體操，然後再回到豪宅。

和愛蜜莉雅並肩同行，從村子走回宅邸要十五分鐘。這段短暫的早晨時光，對現在的昴來說是無上的獎勵。

「話說回來，昴也跟村子很熟稔了呢，搞不好比拉姆和雷姆還要有名喔？」

「還好啦，我就像是不小心拯救村莊的英雄，用這點賣他們人情，時髦卻又不招搖……這點也讓愛蜜莉雅醬重新迷上我！」

「原本就沒在迷戀你……而且，我覺得他們對你的看法有點不同。」

手指貼著嘴唇，愛蜜莉雅用傷腦筋的表情微傾著頭。

傳遞出去的好感被輕輕帶過，昴有點鬧彆扭。

「村裡的人與其說是把昴當成拯救他們的英雄，不如說你給他們『有識之士』的印象似乎更強烈。因為你看嘛，你知道很多不可思議的事。」

「被當成博學多聞的博士嗎……不對啊，我也只有推廣廣播體操啊……」

「你有教孩子們新的遊戲，蕃薯章也是……還有美乃滋！」

拍手的愛蜜莉雅眼神散發光彩，因為她十分喜歡昴在宅邸裡試做的美乃滋。

在原本世界是個道地美乃滋控的昴，為了增添飲食生活情趣而重現的美乃滋，深受愛蜜莉雅以及阿拉姆村的好評。

「不過，對魔獸事件的貢獻竟被拿來跟美乃滋相提並論，我的努力都要愁眉苦臉啦，我可是為了大家才賭命努力的……」

為了救孩子們進入森林結果被狗咬，為了救出想救被咬的昴而跑進森林的雷姆結果被狗咬，最後在要被狗首領咬的時候被羅茲瓦爾救了。

「唉呀，我好像比想像的還要來得沒用!?」

回顧自己的功績，好像沒什麼能拿出檯面炫耀的。

雖然成為許多功績的關鍵，但憑己力勝取的功績搞不好是零。

「夠了，別那麼在意枝微末節的小事。」

「可是愛蜜莉雅醬……」

「昴的努力知道的人都非常清楚，不只是羅茲瓦爾和拉姆，雷姆不是特別明瞭嗎？」

聽了愛蜜莉雅的安慰，昴依舊露出洩氣的表情。愛蜜莉雅小跑步到前面後轉身，突然把帽兜往後拉，長長的銀髮在身後搖曳，迎著朝陽閃閃發光。

「我也是喔。」

「——咦？」

「昴的努力我也非常了解，所以不可以垂頭喪氣，懂嗎？」

接著她又歪頭問道：「回答呢？」

這句話讓一臉呆滯的昴連忙用力點頭，他的反應讓愛蜜莉雅爆出笑聲。

「真是的，這次是什麼？像個壞掉玩具的動作。你每次都這樣。」

「不對，剛剛那樣應該不是故意的……不過如果不是，愛蜜莉雅醬才是卑鄙一百倍吧，不管怎麼掙扎都會重新迷上……」

「好啦好啦，你又這樣打哈哈了，我覺得——這是壞習慣喔。」

完全不採信昴的真心話，微笑的愛蜜莉雅充耳不聞。重新戴上帽兜站到自己身旁的樣子，讓昴重新體認到自己絕對敵不過她。

就在說這聊那的期間，道路的盡頭已經可以看到羅茲瓦爾家的大門。距離抵達還剩下幾分鐘——早晨的幸福時光儘管依依不捨，但已即將結束。

「宅邸前面……停著龍車呢。」

身旁停下腳步的愛蜜莉雅低喃，昴看向同樣的方位後也停了下來。

宅邸門口停著一輛很像馬車的交通工具，之所以用「很像馬車」來形容，是因為那跟昴認識的「馬車」不一樣。

畢竟拉著車體的生物，是個大小跟馬匹差不多的蜥蜴。

和原本世界的大小有落差，昴在感到吃驚的同時拍了一下手。

「這個玩意在王都很常看到，妳剛剛說這是龍車？」

「……？嗯，因為地龍拉著後面的車跑，所以才叫龍車吧？咦，不會吧，難道這也是我常識錯誤？其實有正式的名稱嗎？」

「沒有沒有，是我無知啦。愛蜜莉雅醬是正確的，要對自己有自信。」

「真的嗎？你不是在開我玩笑吧？不是故意在正經的地方輕輕帶過，想讓我丟奇怪的臉吧？要是敢說謊，小心我打你個落花流水喔。」

「打你個落花流水沒什麼人在用了啦……」

面對揚手表現生氣舉動的愛蜜莉雅，昴做出抱頭逃跑的動作。在這樣鬧著玩的期間，兩人走到龍車前面。

「哦……好棒喔，總覺得真實過頭了。」

雖然在王都看過好幾次，但這麼近看還是第一次。

地龍——愛蜜莉雅這麼稱呼的蜥蜴，尺寸雖然跟昴認知的馬一樣，但整體來說身材細長，體重似乎變輕的。在這方面，給人靈敏度高過馬的印象。

「唉呀唉呀，待在上方太失禮了。」

兩人一接近，坐在龍車駕駛台上的人物這麼說道。

那名人物在吃驚的兩人面前，從駕駛台翩然落地。

輕盈到幾乎沒有聲音，昴對此微微屏息。駕駛台的高度大概跟昴的視線平高，不是可以那麼輕巧落地的高度。

「您回來了，請原諒在下在門前的失禮。」

說完，行為舉止堪稱老紳士的老人鞠躬行禮。

一頭白髮仔細地梳攏至後方，身上穿著合身的黑色套裝。這名長者雖然高齡但看得出身體鍛鍊有素，釋放出的氣質令人不自覺地挺直腰桿。

隨從——若是如此，那帶著這號人物的主子必定是個大人物吧。

帶著這種感想，昴的視線瞥向龍車裡頭……

「使者已經入內，目前應該正在晉見梅札斯邊境伯。」

看出兩人的想法，老紳士搶先一步提供解答。昴一時詞窮，身旁的愛蜜莉雅往前一步重新面向老人。

「你說使者……該不會是……」

「正如愛蜜莉雅大人所想，與王選之事有關。」

王選這個單字一出現，昴便抬起頭。
愛蜜莉雅的表情很自然地嚴肅起來，昴為這詭異的形勢發展皺起眉頭。
「我想使者有事要正式傳達，請您歸宅一敘。」
「……是傳喚嗎？」
「詳細的情況請問使者。」
對於老人明事理的回答，愛蜜莉雅僵著臉點了點頭。
「——走吧。」
簡短地說完後，她沒有回頭看昴便邁步向前。
昴連忙跟在她身後小跑步進屋，最後回頭看了門口一眼。
——駕駛依然朝這邊低著頭，默默目送兩人進屋。

2

「您回來了，愛蜜莉雅大人。」
駕駛目送他們進入宅邸玄關大廳，前來迎接兩人的是穿著女僕裝的少女——雷姆。和平常不同，她高亢的聲音不帶一絲情感，話語充滿平靜。
最近在豪宅裡頭——特別是在昴的面前，變得很常展露笑容的雷姆，現在的態度可以看出是接待客人的模式。

「我回來了。離開宅邸很抱歉——好像有訪客？」

「看起來是來自王都的使者，羅茲瓦爾大人正在會見，您是不是也要同席？」

「當然，那是我的事，怎麼可以置身事外。」

點頭回應雷姆的問話，愛蜜莉雅準備踏上通往樓上的階梯。

「好耶，重要大事果然叫人緊張非凡，可不能做出愚蠢的行為了。」

走在愛蜜莉雅身旁，昴理所當然似地也要跟去會談，鬥志看起來十分高昂。只是……看到昴幹勁十足，愛蜜莉雅停下腳步。

「唉呀，怎麼了，愛蜜莉雅醬？緊張感突然湧出來了嗎？要不要我幫妳按摩？」

「那個……對昴很不好意思，但接下來要去商談要事的地方。」

「……我知道啊，所以我才重新提振精神……」

「姊姊已在會客室陪同，沒有其他佣人出場的餘地，你應該明白吧。」

代替難以啟齒的愛蜜莉雅開口，面無表情的雷姆打開天窗說亮話。

雷姆的話讓昴倒抽一口氣，轉頭看向愛蜜莉雅。

「騙人的吧，我被撇除在外？」

「對不起喔，昴。雷姆，請帶路。」

「好的，昴請先回房。」

愛蜜莉雅小聲道歉，處於工作模式的雷姆也沒對昴說出溫柔話語。雷姆走在愛蜜莉雅前頭引路，兩人的身影一消失在二樓，留在原地的昴便出聲咋舌。

「也對啦，就算毫無異世界知識的我在場，也幫不上什麼忙吧。」

儘管如此，還是希望自己能夠扯上關係，會這麼想是出於任性嗎？

——昴被召喚至異世界大約一個月，這段期間發生了好多事，昴有自信能將與自己相關的人們的命運往好的方向修正。以愛蜜莉雅為主，與宅邸居民和村民的良好關係，也都是因為這點才得以維繫。

正因為這麼想，被排擠在重要事件之外讓他產生不滿。

自己被丟到一旁——不管是物理上還是精神上。

當然，他對能力不足這點有所自覺，所以能接受自己被扔下。

「可是接受和放棄是兩碼子事。好啦，接下來該做些什麼咧？」

乖乖回房間賭氣睡覺？菜月昴可沒這麼老實。

有沒有什麼方法能讓自己接近這起重大事件呢？昴開始沉思。

「——想到了。」

彈響手指，昴那張壞人臉為自己的想法露出滿意的微笑。

「一直在外頭等待不會無聊嗎？要不要喝一杯呢？」

坐在駕駛台上的老人俯視泡茶回來的昴，微微瞪大雙眼像是吃了一驚。場所再度回到豪宅外頭，停在正門口的龍車旁。

「真是失禮了。因為有點意外，在下又做出從上方看人的失禮行為了。」

老紳士和方才一樣，從駕駛台縱身一躍，在昴的眼前落地。和剛剛相同，幾乎沒有著地聲。

「那就不客氣了，在下確實有點口渴。」

「啊，請用茶。因為不清楚你的喜好，反正我就泡了最貴的茶。」

一遞出托盤，老紳士的臉上就刻畫出柔和的微笑。昴看著他順應年齡的皺紋在嘴角浮現，一邊仔細觀察邊走到他的身旁，結果……

「哦哇，怎麼了？」

突然，身旁受到輕微衝擊的昴嚇了一跳。一回頭，原來是地龍在用鼻頭輕戳他的肩膀。皮膚黝黑的地龍，正用銳利的爬蟲類眼睛看著昴。

被盯著看的昴，產生了迥異於噁心的神奇感受，或許是地龍平穩的目光裡頭沒有敵意吧。

「哦，非常抱歉。別看這頭地龍這樣，但牠卻是我們當家最優秀的地龍。」

「啊，沒關係，別放在心上，應該說被碰到還蠻幸運的。」

「真感謝您這麼說。嗯，這頭地龍會有這樣的反應真是難得。」

為地龍的無禮致歉後，老紳士一邊低喃一邊用藍色的眼珠注視昴，視線銳利到簡直能洞穿人心似的，令昴渾身僵硬。

「……冒昧請教，那是戰傷嗎？」

「你說這個嗎？沒有誇張到能稱作戰傷啦，就是發生了一些事……」

「是野獸牙齒和爪子留下的傷口呢。會保護左半身，是受到傷勢的影響嗎？」

「──」

看到捲起襯衫袖子下方的白色疤痕就看穿原因的老紳士，其眼力十分驚人。自從負傷後，昴一直留意身體左側行動確實是事實。

「──再度為失禮致歉，您也有不想回答的事吧。」

向沉默以對的昴謝罪後，老紳士將接過的紅茶杯子送向嘴邊。

「好喝，您真是狠下心為在下準備了這等好茶呢。」

「……這可不是誇張，這真的是這屋子裡最貴的茶。不過要是拿來喝的事情被發現，八成會被粉紅色頭髮的女僕痛罵一頓。」

擅自泡了「嚴禁私用」的最高級茶葉，此事若是曝光，肯定會被拉姆說教。

「那麼，不惜用這等好茶為餌，是想向在下這老頭子尋求什麼呢？」

老紳士閉上一隻眼睛，帶著揣測想法的表情發問。不管是洞察昴的意圖還是言行舉止，都是緊張感不間斷的應對。

自己這種小毛頭就算舌戰辯論也難以贏得勝機，於是昂早早舉起白旗。

「我認輸。晚輩名叫菜月昂，現在在這間羅茲瓦爾宅邸擔任實習佣人，可以的話想知道你的大名。」

既然是年輕人，那就認同身為晚輩的事實，並盡可能抓著年長者的慈悲心。

面對老實低頭的昂，老紳士微微一笑。

「這真是太客氣了。在下名叫威爾海姆，目前服侍卡爾斯騰家，執行分配到的工作。」

「威爾海姆先生是嗎？謝謝你告訴我大名……除了道謝，能順便請教今天訪問的理由……不對，能告訴我內容嗎？」

「關於這件事，我想使者正在裡頭講述。」

「是這樣沒錯，但我受到禁止參與的對待，沒能參與事件故事就這樣繼續進行實在太沒意思了，所以我想用自己的方式接近事件。」

昂深知對方不是會輕易鬆口的對象，但是明知這點卻一步步闖進對方內心是昂的拿手絕技，他可不是因為看不懂氣氛所以才搞到拒絕上學。

威爾海姆有一瞬間為昂貪婪的態度無法言語。

「沒有因為盤算落空而惱羞成怒，即使想法被看穿也不膽怯，反而重振旗鼓——這種對手有惹人不高興的吃虧性格呢。」

「……連碰到一點都不行嗎？」

「不明白您在宅邸是何立場的我不能隨便透露，請您諒解。」

見到威爾海姆那乍看尖酸刻薄的表情變得柔和，昴端出更厚顏無恥的要求但卻徒勞無功。再這樣下去，只會增加惹拉姆生氣的案件而已。

「不過能窺見您和愛蜜莉雅大人的關係親近，實在看不出您只是個佣人。」

「哦，真的嗎？我和愛蜜莉雅醬的關係看起來不普通嗎？」

「醬……？」

威爾海姆對這暱稱感到不可思議似地皺起眉頭。

接著，察覺到昴心情的威爾海姆露出苦笑。

「這是條險路呢，對方是有可能會成為露格尼卡下任女王的人喔？」

「就現狀來說只是超可愛的女孩和不機靈的佣人啦。未來是無限大的，可能性也是無限大。妻子是全世界最可愛的人，威爾海姆先生難道不是這麼想而求婚的嗎？」

「妻子啊——」

對於昴極端的舉例，威爾海姆瞬間欲言又止，但是立刻點頭回應。

「原來如此。如您所說，我也認為妻子是世界第一的美女，感覺每個人都在看她，有時候還會洩氣，覺得自己可能配不上她。」

「對吧？與其交給別人，就算不相襯也要讓她成為自己的，之後再每天進步好讓自己配得上她，營造出雙贏局面，這就是我的理想。」

「您是用相當有趣的道理在行動的人呢，真是令人感興趣——不過，在下只是區區御者，幫不上什麼忙。」

「是嗎？能察覺戴著帽兜的愛蜜莉雅醬的身分，卻說自己只是區區御者，不覺得說不過去嗎？」

「——」

昴若無其事的話語，讓威爾海姆表情一變陷入沉默。

「愛蜜莉雅醬穿的長袍，是詭異魔法使者親手製作的，所以有阻礙辨識的效果。再加上最近有些事，所以新做了附帽兜的長袍並強化效果——除非愛蜜莉雅醬許可，否則應該無人能看穿才對。」

以羅茲瓦爾術式織成的長袍——是為了避免愛蜜莉雅的半妖精身分可能會招惹麻煩而做的預防措施。

為了保護要活在這個世界就必須背負不講理障礙的她。

「——竟然打一開始就在估量我，個性真糟。」

「我只是在屋裡泡茶的期間，突然想到『唉呀，這不是很奇怪嗎』罷了，偶然啦偶然。」

面對笑得輕薄的昴，威爾海姆的眼神改變了。至少眼前的小子不是單純的泡茶佣人，應該要如此判斷吧。

「區區御者，用這藉口講不通呢……如您所察，我確實是王位繼承戰的關係人士——不，應該說是關係人士的關係人士吧。」

「關係人士的關係人士……那不就是跟我一樣的立場？」

「理由不是愛慕，是我跟你之間的差異吧。」

「都有世界第一的美女老婆了，是不會想要花心的吧？雖然論可愛，還是愛蜜莉雅醬更勝一籌。」

「不，論楚楚可憐的話，我的妻子才是更勝一籌。」

原想蒙混過去卻被頑固地回嘴，昴忍不住感到退縮。

報了方才被辯倒的一箭之仇，威爾海姆微微一笑。

「不過看樣子，時間到了。」

「咦？」

昴發出呆愣的聲音，威爾海姆默默用手比向宅邸。

「出來的人是雷姆和……誰啊？」

熟悉的藍髮女僕和不認識的人一起走出宅邸，從對話的走向和威爾海姆的態度來看，那個人應該就是話題中的使者大人。

「像這樣冷靜沉著地看，會覺得奇幻程度非比尋常呢。」

會忍不住說出這樣的感想，或許是因為那個人的外觀和「使者」的名號十分不搭。

當事人注意到昴的視線，露出調皮的笑容走近。

「我說你啊，看美女看到呆掉很正常，不過那樣盯著人看很失禮喵。」

這麼說的人，是將亞麻色中長髮修剪齊平，臉蛋俏麗可愛的少女。

以女性來說身長偏高，幾乎跟昴一樣，可是身材卻纖細得不能相比，舉手投足都充滿了女性特質——或許該說是散發出女性的狡猾聰穎。

亞麻色的頭髮用白色蝴蝶結裝飾，大大的瞳孔閃耀著好奇心，模樣簡直就跟貓咪一樣討人喜歡，其實她的頭上……

「這樣子實際看到，就能理解貓耳的魔性魅力呢。」

「喵喵？」

彷彿回應他的自言自語，和頭髮顏色相同的獸耳動了一下。至今都沒有機會跟亞人接觸，但近距離觀察實物便能感受到那衝擊。

——為了壓抑自己身為順毛工匠的衝動，昴可是煞費苦心。

無視看向別處、全身戰慄的昴，少女重新面向迎接自己的威爾海姆。

「我回來了，威爾爺。讓你在外頭等待真是抱歉，很無聊吧？」

「不會不會，有這位當我這老骨頭的聊天對象，所以度過了出乎意料的快樂時光。」

「呼咪？」

聽到老人的回答，少女用手指指著自己的臉頰，頭部微傾。貓眼般的瞳孔變細，直盯著昴瞧。

「啊——原來如此喵。這樣啊、這樣啊，你就是愛蜜莉雅大人說的男生。」

自上而下仔細審視昴，少女拍手表達理解。

不過，她接下來的行動超乎昴的預料。

「嗚、咦、咦!?」

「別動，我現在要稍微調查一下。」

將手搭上狼狽不堪的昴的脖子，少女用纖細的身軀把昴抱向自己。

因為身高相近，抱著昴的她臉頰就在旁邊。在耳畔低喃的聲音，朝全身灌注麻癢的感覺，昴害臊到面紅耳赤。

柔軟的觸感和蕩漾的奇妙香氣，突如其來的狀況令昴臉部僵硬，傾盡全力保持平靜。

「啊姆。」

「嗯呀！」

但是那份努力，在耳朵被輕咬的衝擊下輕易瓦解。

嘲笑發出可愛慘叫聲的昴，少女心滿意足地解除擁抱。

昴腳步不穩地往後退，當場一屁股跌坐在地。

「嗯——真是可愛的反應。先不說這個……就跟聽到的一樣，體內的水流停頓了呢。是很想做些什麼啦，可是沒時間了，所以現在沒辦法喵——」

嗯呀！

「請、請、請、請問妳做了什麼啊，喂。」

「只是稍微檢查一下身體，輕咬是菲莉醬奉送的服務。」

流露妖豔的目光，少女輕咬自己的小指挑釁地微笑。即使明知自己被調侃，臉上紅潮尚未退去的昴卻無法吐槽。

因為他沒有被人直接用性別差異當武器逼到這種地步的經驗。

「別害羞、別害羞。話說回來，你好像什——麼都沒聽說喵。」

「什麼都沒聽說是什麼意思啦。」

「就是自己身體的事，還有伴隨那件事的交易——諸如此類的？」

看到昴挑起眉毛，少女講了些點到為止的內容觀察他的反應。雖然對那態度有意見，但昴也只能依靠少女的反覆無常。

「關於那個諸如此類盤根錯節的部分，要是能解開給我聽的話那真是感激涕零啊。」

「嗯——該怎麼辦才好喵，這也是很重要的任務……呀嗯！」

「做到這地步就夠了吧，菲莉絲。」

打算繼續戲弄昴的少女，被站在身後的威爾海姆告誡，老人的話讓少女嘟起嘴唇。

「哼，威爾爺實在是老古板，有夠不懂風趣的。」

「因為昴先生有奉茶予我的恩情，還有時間差不多了。」

不客套地對話完，威爾海姆鞠躬行禮。少女雖然一臉不滿，但卻重新轉換心情對昴眨眼。

「抱歉喔，雖然想再多玩你一下，不過沒時間了喵，今天就先暫停吧。不快點回到心愛的庫珥修大人身邊，會擔心到晚上睡不著覺的。」

「不能聽過就算的發言姑且不提，庫珥修大人是誰？」

「你最好先牢牢記住，因為那是有朝一日會成為這個國家國王的人。」

只有最後這句話沒有方才的輕佻，而是認真無比。少女朝閉上嘴巴的昴揮手，威爾海姆則把空了的茶杯放回托盤。

「感謝招待。那麼，昴先生，請保重。」

輕輕一躍就回到駕駛台，威爾海姆握住操縱地龍的韁繩。

「那麼，雖然還沒打招呼，不過菲莉醬很忙，下次再說囉。」

「等一下，我想問的事情還很多……」

「直接問愛蜜莉雅大人就好啦，菲莉醬是這麼想的喵——好啦，有緣的話還會在王都碰面，掰啦。」

求助無門，昴只能看著少女留下微笑消失在龍車裡。察覺步調完全被對方牽著走，昴本能地理解到她對自己而言是天敵。

「告辭。」

威爾海姆朝懊惱罷手的昴拋下短短兩字，然後揮動手中的韁繩。

地龍鳴叫，車體發出摩擦聲，車輪開始轉動。為了往前進，地龍用力踩踏大地數次——緊接著加速。龍車轉眼間提升速度通過馬路，在揚起煙塵的同時遠離。

結果，留在原地的只有被吃得死死的敗北者昴，以及幾乎被喝光的高級紅茶茶香。

4

「——有完成使者的任務嗎？」

「那當然，菲莉醬被庫珥修大人委託的事，哪次有失敗過喵。威爾爺你就是太愛操心了。」

在遠離羅茲瓦爾宅邸的龍車上，兩人對談著。

威爾海姆坐在駕駛台上輕鬆駕馭地龍，他的正後方有個從被地龍拉著的車廂窗戶探出亞麻色腦袋的人。

在某種意義上，沒有比這更適合密談的條件了吧。

「比起這個，菲莉醬可是很意外威爾爺竟然會在等待的期間跟那男孩聊天呢，威爾爺不是最討厭跟人說話了嗎？」

「那是十分荒謬的誤解。」

「是喔是喔，對不起喔。比起說話，你只是更喜歡砍人嘛。」

「……那也是很嚴重的誤解。」

面對像是揶揄的話，威爾海姆沒有多說一個字。他對挑釁話語的反應之小，讓少女不滿地嘟起嘴唇。

「好——無趣喵，跟菲莉醬講話比跟剛剛那個男生講話還不愉快嗎？不覺得他有什麼特別的地方，但你就那麼欣賞他嗎？該不會是『別看他那樣其實他很強』，有看到他才能的一小部分嗎？」

「並非如此。他是外行人——徹頭徹尾的普通人，而且也沒有吸引目光的才幹，毫無疑問是個平凡的存在。」

「那是為什麼？威爾爺不是最討厭沒價值的垃圾喵？」

少女一一舉例，試圖把威爾海姆定義為人格有問題的人。聽了這些話，威爾海姆平靜地舉手指著自己的眼睛。

「眼神。」

「——眼神？」

聽到少女反問的聲音，威爾海姆頷首，抬起視線似在回想。

「那個少年的目光讓人有點在意，那是踏進死亡領域多次的眼神。有不少在死亡關頭起死回生的人，但是……」

話語中斷，威爾海姆靜靜地閉上眼睛。

「那是曾經，不，是多次從死亡領域重返人世的眼神。我不知道有那樣的存在，因此才會產生興趣吧。」

「嗯——聽不太懂喵。」

威爾海姆感嘆的話，少女用不能理解爽快地斬斷。這次換成威爾海姆苦笑，不過少女卻用「可是」做接下來的開場白。

「照剛剛威爾爺的話來說，那孩子一定不是走在平坦的大道上囉。」

少女瞇起眼睛，朝坐在駕駛台的寬背投射閃閃發光的視線。

「竟然會被『劍鬼』威爾海姆・范・阿斯特雷亞欣賞，被『魔女』附身之人還是一樣，很不走運呢。」

5

「妳要去王都吧？我跟妳去！」

客人回去後總算可以喘口氣——會客室這樣的氣氛，被昴開頭的一句話完美打碎。

「您——看吧？」

「真的呢……」

羅茲瓦爾淺笑，跟愛蜜莉雅狀似疲累的回答重疊在一起。

只有他們才懂的態度讓昴不悅地嘟嘴，結果愛蜜莉雅嘆了一口氣。

「跟你說，我們不是去玩，而是基於很重要的傳喚……沒錯，是有很重要的事。」

「我知道啊，跟王選有關對吧？我知道那是足以動搖國家的重大事件，不過——我也是知道這點才提出請求的，請帶我去！」

跪在地毯上，昴雙手合十幾近膜拜。

他懇求的模樣讓愛蜜莉雅一臉為難，她環視室內的每一個人，可是……

「啊，不用在意——我的事喔，只要遵照您的心——做選擇就行了。」

「這個茶葉的香氣……該不會是拉姆祕藏的……如果是毛的確有可能……!?」

羅茲瓦爾一臉開心像個看熱鬧的旁觀者，拉姆則是對某事感到驚愕沒什麼反應。

至於最後一個人……

「有什麼關係，請帶他去吧。王都似乎有昴認識的人，總得去露個臉讓他們放心。」

這麼說的人是一直以來最有常識性反應的雷姆，但她現在卻背離期待，完全成為昴的同伴為他說話。

「很好，絕佳助攻！雷姆，雷——姆，過來這邊。」

「好！」

聽到昴的呼喚，雷姆笑得如花一般燦爛，坐到他旁邊伸出頭。彷彿是一連串既定的作業，昴熟練地以不會弄亂她頭髮的方式撫摸她的頭。

被摸頭的雷姆表情幸福至極，讓愛蜜莉雅領悟到沒有人站在她這邊。

「話說回來，昴跟來有什麼打算？王選是討論非——常重要事情的地方，到時我手上也有一堆事要做，顧不了你喔。而且這次的集會，跟之前的場合真的完全不一樣……」

「那就更該帶我去啦，在愛蜜莉雅醬能否成為國王的緊要關頭，要是被撇除在外我會哭得唏哩嘩啦的。就算只有邊邊角角也好，我就是想扯上關係。」

「就是那樣才說不能帶你去，要是帶你去，你一定又會勉強自己亂來，我不想讓你那樣，懂嗎？」

「愛蜜莉雅醬才是不懂的那個人啦，就算勉強自己亂來，只要能成為愛蜜莉雅醬的助力就沒關係。我會亂來的，好嗎？」

「講這種話……搞不懂你耶……」

愛蜜莉雅眼中寄宿著困惑，閉口不語。尷尬的沉默落在會客室。

「好了好——了，到此為止。事——情都沒有進展，趕緊做結論吧。」

拍手破壞尷尬氣氛的人，是羅茲瓦爾。

「結論是昴要跟著去王都，這是我身為雇主的命令。」

「羅茲瓦爾!?」

「萬歲！挺會說話的嘛，羅茲親！」

羅茲瓦爾正面打斷不甘願的愛蜜莉雅的意見。

這席話讓愛蜜莉雅露出冷不防挨了一槍的表情，昴則是豎起大拇指歡喜不已。

「只——不——過，帶昴到王都的目的——是為了治療。王選之類的事——另當別論，懂嗎？」

「啥？目的是治療……？」

昴對意想不到的單字皺眉，一直把頭靠在他肩上的雷姆側臉微僵，愛蜜莉雅的表情也露出淒楚的神色。

「和魔獸戰鬥的時候，你過度使用枯竭的門使用魔法，即使肉體的傷勢痊癒了，但那方面的治療可就不同了。你自己心裡──不也有底嗎？」

「……就算你們說那種肉眼看不見的東西壞掉了，我也沒感覺啊。」

「昴，在體內循環的瑪那是生物的生命線，要是流動停滯，就會對生命循環本身造成障礙……我求求你，不要隱瞞。」

有別於身體的傷，手腳沉重之類的後遺症連威爾海姆也說中了。

被看穿而感到難為情的昴，無法斷然拒絕愛蜜莉雅的懇求。

「我的身體面臨危機這件事我知道了，不過這跟到王都治療是怎麼扯上關係的？」

「治療你需要最頂級治癒術師的力量，昴見過使者了嗎？」

「那個貓耳女生嗎？老實說，她是我不想再見面的類型。」

「那孩子在人才濟濟的王都裡也是非常優秀的水魔法使──者喲，借用她的力量，有可能讓你的身體狀況恢復吧。因為是個蠻有脾氣的孩子，為了讓她幫忙，愛蜜莉雅大人也吃了不少苦頭呢──」

「慢著，羅茲瓦爾！那個……」

感覺是刻意說溜嘴的羅茲瓦爾，面對愛蜜莉雅的氣憤裝作什麼都不知道的樣子。

「……愛蜜莉雅醬，這是真的嗎？為了我？」

「畢、畢竟昴的身體治不好我也有責任。你是因為保護我受了傷才會來這間宅邸……其實魔獸的事應該是我要處理的，但卻被昴搶去做了。所以說，該說是報恩還是正當填補你的損失……」

「謝意都變稀薄了，就算想隱藏害臊，也該稍微選選詞彙吧!?」

看著羞紅臉急忙找藉口的愛蜜莉雅，昴雙手抱胸露出苦笑。

「所以說，愛蜜莉雅醬也贊成我去王都，那為什麼做出像是反對的態度？」

「要是就這樣答應你的要求，昴一定會得意忘形然後亂來。我至少知道你是個淘氣鬼。」

「很久沒聽到淘氣鬼這種詞彙了……」

愛蜜莉雅氣到對小聲低語歪著脖子的昴吐舌頭，接著會議結束。

「那——就這樣決定了，昴也要一道去王都，就花一天的時間準備，後天早上出發——這樣可——以嗎？」

「知道了。」、「沒意——見。」、「——明白了，羅茲瓦爾大人。」

聽到羅茲瓦爾最後的話，房內所有人紛紛應答。

就這樣，羅茲瓦爾家的每個人，前往王都的方針大致底定。

6

——兩天後的清晨，昴在豪宅門口感動到大叫。
「哇啊——是這傢伙耶！」
顫抖的聲音洋溢著歡喜，興沖沖的昴面前停著一輛大型龍車。
拉龍車的當然是地龍，需要仰望的巨軀正誇耀著強大，遠遠凌駕昴至今見過的所有地龍。
「身體好大、皮膚好硬、臉好可怕！」
「真是，像小孩一樣蹦蹦跳跳的，對吧？」
看到興致高昂的昴，愛蜜莉雅嘴角上揚傻眼地感嘆。
她朝站在自己身旁的雷姆投以徵求同意的目光。
「蹦蹦跳跳的昴好可愛……愛蜜莉雅大人不覺得嗎？」
「可愛是可愛啦……嗯，雷姆也整個被昴毒害了呢。」
看昴歡天喜地看到入迷的雷姆，也讓愛蜜莉雅嘆氣。
撇開女性朋友們對自己行為的感想，昴不客氣地伸手摸地龍發出怪聲。
「糟糕，我感動至極！現在我超級有奇幻感的，叭拉叭!?」
昴得意忘形到從觸摸變成拍打，結果超出地龍的容忍極限。地龍的尾巴彎曲揮出，被掃到的昴用側翻的姿勢飛了出去。
幾秒後，落到樹叢中的昴爬了出來，從嘴裡吐出葉子。
「這、這是怎麼一回事？」
「昴，地龍是非常聰明的生物，就算語言不通也能大致明白意思，所以對待牠不輕柔一點可不行喔。」
「這種事要早點說啊!?」
拍下黏在身上的葉片，昴看向大到嚇人的地龍。牠瞇起黃色瞳孔吐出一口長氣，像是在說：
「隨便摸我就會變那樣喔。」
在這樣互動的期間，眾人等待的羅茲瓦爾和拉姆總算從宅邸現身。
「喂喂喂，搞遲到是怎樣，指定時間的不是羅茲親嗎？無法嚴守時間的傢伙會連內褲鬆緊帶都鬆掉喔。對吧，雷姆？」
「說得對！今天是雷姆叫醒時間到了卻還沒起床的昴，雷姆不介意得到誇獎喔。」
「好乖好乖好——乖，稍微安靜點吧，雷姆。」
昴連忙撫摸多嘴說出害自己漏氣話語的雷姆，讓她閉上嘴巴。愛蜜莉雅對此翻了個白眼，不過昴以鋼鐵般的意志忍下，將話題拉回羅茲瓦爾。
「所以呢？為什麼遲到啊？明明早餐的時候就有準時到呀。」
「抱——歉抱歉，畢竟要留拉姆看家，會有一陣子見不到面吧？所——以——說，道別時稍——微細心了點——囉。」

搖晃豎起的手指，辯駁的羅茲瓦爾理了理自己的衣領。他身旁的拉姆快速做出將頭髮和衣服弄整齊的動作，光用看的就能傳達出「道別」的逼真。

「還是算了，當我沒問。不過話說回來，妳真的要看家啊。」

「沒辦法呀，總不能讓宅邸空蕩蕩的，而且碧翠絲大人也要有人照顧，麻煩透頂。」

「真心話都跑出來啦。算了，要是沒人做飯碧翠子也會很傷腦筋的。」

「被碧翠絲大人聽到的話，這次肯定會把毛弄個稀巴爛喲。」

這次要前往王都的人，除了王選當事人愛蜜莉雅及其援助者羅茲瓦爾，還有以治療作為名目同行的昴，再加上負責照料兼護衛這三人的雷姆，總計四人。

留下的是留守豪宅的拉姆，以及窩在禁書庫的碧翠絲。

「話說回來，留下的是姊姊真的不要緊嗎？維持管理一間豪宅可不容易喔。」

「你不知道吧，毛。人啊，就算三、四天不吃東西也不會死的。」

「沒打算開伙下廚啊，大姊！」

昴對拉姆神清氣爽的主張大聲吐槽，結果她突然一把揪住昴的前襟將他拉近自己。來到五官端麗的臉蛋面前，昴屏息以對。

「別讓雷姆亂來，好好拉著轠繩。好嗎？毛。」

「……每次一起去王都的都是拉姆吧？為何這次是雷姆……」

「想讓拉姆親口說出原因，這計謀叫人火大。」
推開他的胸口，拉姆哼了一聲轉身遠離。
目送完她的背影，昴看向龍車，剛好雷姆也快速地把所有行李放上去了。
談笑的時間告一段落，差不多該要出發了。
「不過碧翠子那傢伙都沒來送行，真是薄情寡義的蘿莉。」
遠望著宅邸入口，昴對不在現場的少女口吐惡言。
當然，這種情況早在預料之中，所以昨天就盡情跑去戲弄碧翠絲以免離情依依，不過到了出發的時刻，她不在場還是叫人寂寞。
「——哦。」
玄關大門微微敞開，他和從門內偷偷窺視這邊的人四目相接。
穿著禮服的人和昴視線交會的瞬間表現出退縮，但又馬上正色打開門，讓人清楚看到她的身影。會板著一張臉，是為了要隱藏寂寞吧。
不過那終究是自己的偏心見解嗎？昴苦笑著朝少女舉起手。
少女露出無趣的表情，敷衍地揮手做出驅趕他的動作。做完動作就回到屋內的身影，簡直像是在說自己已完成送行的義務。
「——昴，怎麼了？」
回過頭，從龍車車廂探出身子的愛蜜莉雅正在俯視自己。大家似乎是在他沒注意的時候開始乘車，昴連忙朝車廂的門伸出手。

「來。」

在碰到門把之前，白皙的手指先朝他伸了過來。

猶豫了一下，昴握住那隻手，就這樣被拉著踏進車廂。

確認昴上車後，坐在駕駛台的雷姆朝留下來的拉姆點頭示意。接著她操縱韁繩，地龍緩緩踩踏地面，車體開始移動。

昴把頭探出窗外，朝目送他們離去的拉姆揮手。

「那我們走囉，彼此都多加小心啊！」

「毛也是，要是有什麼萬一，至少要當個擋箭牌喲。畢竟你是誘餌——嗯，我只認同你這方面的才能。」

「我也有其他優點吧!?」

隨性的應酬對話，成了這天早上的離別話語。

龍車加速，速度急速攀升，沒多久就跟宅邸拉開距離，拉姆站在正門旁的身影也變得越來越小。

直到看不見為止，拉姆始終拉著裙襬恭敬行禮，像個模範女僕般目送昴一行人。

「……要是擁有工作能力，就是個再完美不過的可愛女僕了。」

進入街道傾斜的路段，就完全看不見拉姆了。確認到這點後，昴終於坐回車廂的座位吐出一口氣。

直到這時，他才開始有閒工夫去確認第一次搭龍車的心得。

座位的觸感和龍車的造型相呼應，感覺相當高級坐起來也舒適得叫人意外。

街道的整治並沒有很徹底，窗外景色呼嘯而過的速度很快，對照在原本世界乘車的經驗來看，速度有將近一百公里。

然而，傳達到身體的振動卻輕微得超乎想像，跟坐轎車差不多舒適。

「唉呀唉——呀，龍車這麼稀奇——嗎？」

看昴屁股動來動去、東張西望的樣子，羅茲瓦爾笑道。

「話說速度這麼快，坐在駕駛台的雷姆沒事嗎？我是不擔心她被甩下車啦……可是到王都的時候頭髮和衣服會被吹得亂糟糟吧？」

「龍車有被加持保護，用不著擔那個心喲？」

「加持？」

「對，加持，就是生命誕生時得自世界給予的福報。加持有很多種，無法一概而論，但某些種族是生來就一定會有加持，地龍的『除風』加持就是其中一種。」

「『除風』加持是什麼？」

「當地龍在大地奔馳時，不會受到風的影響和抵抗。還有，這個加持也會影響到和地龍連在一起的龍車，所以這個龍車也不會受到風的影響。」

「所以外頭的雷姆也是囉。」

看昴一聽就懂，愛蜜莉雅說著「理解力不錯」，露出很滿意的樣子。

「那我呢、我呢？欸，愛蜜莉雅醬，我有沒有加持啊？」

講到異世界召喚的作弊能力，自己除了「死亡回歸」以外確實沒有其他特殊能力，可是昴並沒有因此失去貪念，繼續渴求比較不會痛的力量。

「嗯——很難說，畢竟不帶加持而生的人占絕大多數，而且擁有加持的人不用別人說，也會對加持有所自覺……」

「可惡，不行嗎……不對，我知道了，和愛蜜莉雅醬邂逅的這份奇蹟，正是世界賜予我的祝福。」

「好啦好啦，到王都大概要六個小時，當個好孩子乖乖等喔。」

「愛蜜莉雅醬好冷淡！」

無視昴的不服氣，愛蜜莉雅和羅茲瓦爾開始商量抵達王都後的行動方針，認真的氣氛當然讓昴無從插嘴。

不能加入話題、無事可做的昴，很快就開始發懶。

「愛蜜莉雅醬、愛蜜莉雅醬，我要坐窗邊！」

「怎麼了？啊，該不會是暈車了吧？不習慣坐車的話經常會這樣，知道了，帕克借你吧。」

「我很高興妳的關心，不過有點不對啊。還有，把帕克借給暈車的我，箇中含意我實在不能理解耶？緊急的時候可以拿來當嘔吐袋嗎？」

「那樣做就算是帕克也會生氣的……」

看愛蜜莉雅擔憂地喃喃自語，昴搖了搖頭。

「不是啦，我只是想看窗外的景色，好治癒愛蜜莉雅醬不理我的寂寞。」

「——這樣的話，昴要不要來駕駛台？」

突然有道聲音介入兩人的對話。前方是聯繫駕駛台與車廂的小窗戶，雷姆正從那裡看向車內。

「坐在車廂裡，昴就算無聊也沒事可做吧？來駕駛台可以看風景，雷姆也能陪你聊天喔。」

「嗯，真是充滿魅力的提案……愛蜜莉雅醬，我去那邊不要覺得寂寞喲？」

「這我可以跟你保證，絕對沒問題……」

「為什麼要這麼強硬地主張沒問題呢？」

沒有被挽留叫人寂寞，不過愛蜜莉雅許可了那就沒關係。

看昴燃起了興致，握著韁繩的雷姆向羅茲瓦爾確認。

「那麼，是否能暫停一下呢？等地龍再跑需要花點時間。」

「為什麼要花時間？」

「加持也不是萬能的——喲。地龍的『除風』加持一旦中斷，要再度展開需要花點時間。停下的時間大概就跟早餐時間差不多，要停嗎？」

「那樣太不好意思了……在行進的期間，就算開門也不會突然掉下去吧？」

看到昴站起身將手伸向門，察覺他意圖的羅茲瓦爾笑了。

「運動神經好到某種程度的話是沒問題──題啦，不過掉下去可是會死的喲？」

「我只是繞過去而已，沒事的。雷姆，別耍什麼特技，在那裡等我。」

「雖然擔心不過我知道了，雷姆會等著。快點、快點！」

對昴的提議一開始面有難色的雷姆，立刻回以等不及的催促。

昴露出苦笑，為了繞到駕駛台站到門口準備到車廂外。

「等一下，昴。嘿咻──來，這個。」

愛蜜莉雅叫住昴，把跟車廂牆壁連在一起的皮帶遞給他。

「因為不是危及性命的事，所以我不會阻止你，可是要先牢牢抓住這個。」

「連在車廂牆壁上……這玩意好像安全帶呀。」

「龍車有時候會翻覆，所以才會準備這樣的皮帶。你拿著當安全繩，等到了駕駛台我再收回來。」

心懷感激地接過愛蜜莉雅的關懷，把皮帶繞在右手腕上。

被擔心的愛蜜莉雅目送，昴打開門，將身子探出車外。

感覺真是不可思議，明明景色高速通過，但是身體卻感覺不到風。

簡直就像是被裝在透明箱子裡移動──為了不被這樣的錯覺吞噬，昴繃緊神經抓著車體的把手，繞向駕駛台的位置。

即使這樣也要有點運動神經，感覺踏腳處很不牢靠，但移動本身很順利。

「這實在是很神奇的感覺耶，有加持就是這樣啊。」

親身品味這世界的神奇現象，昴看著迅速流逝的景色心想。

「除風」的加持效果對龍車和車內的人類都有效，假如在這個加持的影響下，去觸碰沒有被影響的物體會怎麼樣呢？

想著沒有意義的實驗，昴毫無理由地伸手去抓空氣……

「對了，昴。忘了說，身體請不要離龍車太遠，因為加持會解除。」

「——不會吧。」

抓住虛空後，緊接著是強到要把手刮走的風襲向昴的全身。

預料之外的衝擊讓抓住車體的手輕易放開，這意味著失去支撐的身體會朝旁邊飛去——理所當然的，身體被扔出龍車之外。

「啊吧吧吧吧吧——!?這下糟了、真的糟了，要摔死了!?」

被風捲起，昴在空中翻轉分不清上下左右，然後就這樣劇烈撞擊地面——在那之前，右手腕上的皮帶拉緊使昴的身體浮起，和龍車保持平行。

右手腕出現快被扯斷的痛楚，正如愛蜜莉雅所說，這個安全繩保住了昴的性命。

昴的腦袋因劇痛和惡劣狀況一片空白，不過聽到高亢的連續聲響後，他在強風中抬起頭。

眼前有一條蠕動的銀色之蛇，蛇體前端又大又圓還長著尖刺。

「——心靈創傷要甦醒了。」

低語完，蛇纏住昴的身體。綁得比想像的還緊，昴發出慘叫，不過即將因摔車而死的身體被一口氣拉高。

輕鬆越過龍車的高度，到達拋物線頂點後束縛解除，接著昴被扔出。

在旋轉的視野正下方，昴看見了雷姆。她一手拿著作為武器的鐵球握把和韁繩，一手朝昴掉落的地點伸出準備接住他。

不管怎樣，總算是撿回了一條命。確認到這點後……

「之後老實點活下去吧……」

昴沒有確認墜落的結果，搶先一步陷入「回籠覺」。

第二章『加持，再會，約定』

1

——菜月昴的心臟跳動之快，即將到達危險領域。

「我說愛蜜莉雅醬……說來還蠻複雜的，不過這個還是免了吧？」

露出討好的笑容，昴冷汗直冒地提議。說到「這個」的時候，他舉起兩人牢牢牽在一起的手。

地點在王都，而且還是在被稱作商業大道人潮非常擁擠的馬路。在行人往來雜沓之中牽著手的兩人，在旁人看來應該是感情很好的情侶吧。

只不過，那是在沒有聽到對話內容的情況下。

「絕對不行，昴一定會趁沒人注意的時候做些奇怪的事。在王都的期間，不准你一個人走動，懂了嗎？」

「搭龍車時幹的傻事我有認真反省了啦！不過這個處理方法太嚴苛了吧！」

信用掃地的昴，被愛蜜莉雅投以冰冷銳利的視線。

雖說是自作自受，可是這樣的對待對昴來說並非他的本意。

——在龍車引起「中途下車」的騷動後，昴不但品嚐到在羅茲瓦爾腿上睡醒的悲劇，眾人還商議決定要限制他在王都的行動，其結果就是現在的慘狀。

「我知道自己太輕率了啦……至少，牽手這個動作可以不要……」

「哼，說那什麼話，在村子約會的時候明明也像這樣牽著手啊。」

「那時候我的身心都在準備萬全的狀態，可是現在沒有啊，我手汗很多耶！」

儘管很在意因極度緊張而產生的手汗，可是愛蜜莉雅卻一臉淡然，反而讓人莫名焦急。

就這樣，要說意見相左的兩人在王都做什麼的話——

「——夠了喔，不要在別人店前卿卿我我，要親熱就到別處去！」

正在進行可愛爭辯的兩人，被粗聲粗氣的男子痛罵。

那聲音讓愛蜜莉雅的側臉微僵，那也是當然的，昴能理解。

畢竟聲音的主人臉上有刀傷，看起來一點也不像正派人士。

「搞得客人都不敢上門了，不買東西就快點消失。」

「無情外加沒有人情味，難得我鼓起幹勁前來履行承諾，卻被對方忘得一乾二淨，你能理解我受到的打擊嗎？我都想哭了，你知道嗎？」

昴沮喪地縮著肩膀，男子卻將手肘撐在櫃臺上，態度惡劣地哼了一聲。

態度這麼差要怎麼做生意啊，大叔你根本是選錯職業啦，昴這麼想著。色彩鮮豔的招牌上用I文字寫著「卡德蒙」，這家店陳列著色彩絢麗的水果——對昴來說是印象很深的水果店。

「沒錯，你是我第一個接觸的異世界人類……但我來回報恩情卻得到這樣的對待喔。」

「你這麼說我也沒辦法啊，將近一個月前的事，而且還是只瞥一眼講幾句話吧？勉強還記得是有這麼回事啦……」

「昴不可以亂講話，老闆也請不要勉強。」

看到老闆好心地努力回想，愛蜜莉雅拉扯昴的耳朵，同時對老闆低頭致意。口中喊著「好痛好痛」的昴，被愛蜜莉雅狠瞪。

「你說想跟關照過你的人打招呼我才跟來的……結果根本是這種單方面的口頭約定，我不會再相信你了。」

「男子漢做出承諾卻又毀約，怎麼能放任這種事情發生呢，愛蜜莉雅醬。」

「別奢望啦，你也不想想老闆一天要招呼多少客人啊。」

「愛蜜莉雅醬，過好的評價有時候會傷害對方喔？老闆的臉長得這麼恐怖，這家店怎麼可能生意興隆……好痛好痛，對不起啦！」

被拉扯的耳朵被扯得更用力，昴都淚眼汪汪了。

看著兩人互動的老闆，盯著昴快哭出來的樣子拍手說道：

「你那難看的樣子讓我想起來了，你是窮光蛋小子，沒買東西就走的忘恩負義之徒。」

「先不管你是從哪想起來的，我剛剛有說過我是來報恩的吧！」

「原來如此，還挺講義氣的嘛，我欣賞你。」

想起來的老闆豪邁地笑著，從店裡拿出一個木箱放在櫃臺上。發出沉重聲響的箱子裡頭，又紅又圓的果實正發出水嫩的光澤。
「好啦，這是說好的凜果。要買幾個？現在是一顆銅幣兩枚。」
「給我十顆大的，這可是超出了約定的數量，幫我結帳吧。」
出手大方的昴讓老闆拍手叫好。看到這反應心情大好的昴，伸手探入懷中準備拿錢包，卻發現身旁的愛蜜莉雅也做出同樣的動作。
「奇怪，妳幹嘛拿錢包？愛蜜莉雅醬。」
「什麼幹嘛拿錢包，不給錢就沒辦法交易吧？」
「不是啦，愛蜜莉雅醬幫我付帳很奇怪耶……喂喂，大叔你那是什麼眼神。」
「說什麼賺了錢就會回來買，原來是帶有錢的女人來幫自己付帳，大叔我可沒辦法贊同。」
「你有看到剛剛的情侶吵架吧!?我都主張要自己付帳了！」
在用狐疑目光看著自己的老闆面前，昴慌慌張張地掏出錢包。
裡頭是在豪宅工作的薪資——多虧大方的羅茲瓦爾，現在的昴其實算得上是小富翁。
「凜果一顆銅幣兩枚……十顆就是銀幣兩枚囉？」
「喂，你不知道目前的貨幣匯率嗎？現在是一枚銀幣換九枚銅幣。」
「所以是銀幣兩枚銅幣兩枚囉，來。」
昴俐落地從皮袋中取出貨幣交給老闆，老闆對此不高興地沉默下來，還朝歪頭表示不解的昴深深嘆息。

「雖然是我說的，但你居然就這麼相信了。小哥，你不該這麼容易相信人，貨幣變動的匯率會寫在市場入口的看板上，沒看過就大搖大擺地來消費，小心被惡劣的商人當肥羊宰。」

與其說是老實，老闆更像是看到危險之物才提出忠告。信任對方並支付貨款是昴原生世界的基準，但在這裡看來恐怕是太過相信他人。

在羅茲瓦爾宅邸附近的村莊採買，因為人際關係過於封閉所以根本不會萌生「欺騙」的想法，但在王都這種大都市，就算有惡質商人也不奇怪，也就是說……

「大叔，你果然人超好的耶。」

昴露出傻笑，對撲克臉老闆的人品表達好感。

「只是偶一為之。特意前來履行我都快忘記的承諾的客人，要是在我這裡買了東西就窮困潦倒地躺在哪裡餓死的話我會做惡夢的，就只是這樣。」

「男人耍傲嬌誰會得利，我現在明白了。」

「拿著凜果快滾啦！貨款確實收到了，謝謝惠顧！」

前半段粗魯後半段卻遵守以客為尊的精神，面對這極端的反應，昴笑得很開心。抱著對方遞出裝有凜果的袋子，昴拉著愛蜜莉雅的手離開店鋪。

「謝啦，大叔，有緣會再碰面的。」

「如果下次也來買東西我很歡迎。小姐啊，提醒妳一下，男友要慎選。」

「不要多嘴雞婆！」

朝目送兩人的老闆比中指，昴和愛蜜莉雅走入人群之中。隨著距離拉遠人潮阻擋視線，善良老闆的身影也跟著被擋住看不見。

「能順利想起來真是太好了……不過我有點驚訝呢。」

「也是，那張臉剛看的時候確實有點可怕，不過看習慣的話……」

「不是那樣，我驚訝的是昴。你算數快得驚人，嚇得我大驚失色呢。」

「大驚失色已經沒什麼人在說了……」

吐槽使用古語莫名高明的愛蜜莉雅，被稱讚的昴發現自己也不是完全沒用。照這樣看來，昴至少在敲算盤方面小有本事。

「珠算有先學過，愛蜜莉雅醬也喜歡知識分子？」

「知識分子……？我不是很懂，不過讓我驚訝的理由不只這個……嗯，有點碰巧。呵呵，真有趣。」

「啊，好可愛的表情。什麼什麼，是什麼樣的碰巧？」

「祕密，這是我跟剛剛那個老闆的女兒之間的小祕密。好啦，接下來要幹嘛？」

對愛蜜莉雅保密的內容心裡有數，但是昴沒有深入追問，只是重新抱好裝有凜果的袋子。即使要漫無目的的行走，王都也太大了。

被召喚到異世界的第一天，曾關照過自己的人，今天的目的就是要向他們回禮。報答完水果店老闆的恩情，下個目標已經決定。

「下個目標當然是……菲魯特和羅姆爺。他們好像都在我暈過去之後由萊因哈魯特看管，沒錯吧？」

「嗯，沒錯。剛開始討論後續處理時本來沒有要向他們追究……不過萊因哈魯特突然臉色一變，就把那女孩帶走了。」

「光聽這些會覺得對方是綁架犯或擄人監禁魔，但知道犯人的來歷所以不覺得是那樣……可惡，長得帥就是有好處，真是的。」

想起颯爽的紅髮青年，昴嫉妒地咂嘴。旁觀這一幕的愛蜜莉雅以指抵唇，低頭思索。

「要聯絡萊因哈魯特的話，我想去貴族街入口的衛兵值班室就行了。那兩人原本待的地方……已經變成瓦礫堆了。」

昴也贊成愛蜜莉雅的意見。第一次和萊因哈魯特見面時，自稱剛好排休在王都閒晃的他，曾說過自己的身分就跟衛兵差不多。

他恐怕是衛兵再上去的階級——騎士。

「這樣的話至少有個方向，去值班室再盤算怎麼跟萊因哈魯特聯絡。那麼，快點出發……哦？」

「什麼？怎麼了？」

「沒有，我數了一下袋子裡的凜果……有十一顆。」

又圓又大、紅豔豔的成熟果實，總共有十一個。

把水果塞進袋子的是老闆，身為商人不可能會搞錯數量吧。
「那個大叔果然是個超級濫好人呢。」
想起老闆外表凶狠的臉，昴開心地笑了起來。
——果然，履行約定是正確的好選擇。

2

「話說回來，從值班室要怎麼跟他聯絡？應該沒有電話吧？」
「電話？」
兩人朝值班室走去，昴將突然想到的疑問說出口，而愛蜜莉雅對這不曾聽過的單字感到莫名奇妙。
「就是能和遠方的人直接對話的道具……」
「你說流星？我想應該會設有對話鏡才對。」
「對話鏡？」
「就是成對的鏡子，可以和映照在鏡面上的人對話的流星。出土的數量很多，所以被用在很多地方。」
「原來也有這樣的道具呢，用鏡子啊，好有魔法的味道！」

仔細想想，昴還沒有親眼見過真正的流星，流星這個單字，只在贓物庫騙羅姆爺手機是稀有物時出現過。

「不管怎樣，能用那個和萊因哈魯特說話問題就解決了，我看到希望了。」

「對啊，不快點處理完回去雷姆會鬧彆扭，得盡快了。」

雷姆也想跟昴一起逛王都，可是照顧一行人的隨從工作多又雜，只能含淚將這職責讓給愛蜜莉雅。

現在的她，一定在拚命工作好洗去鬱悶吧。

「唉，雖然對不起雷姆，不過多虧這樣我才賺到了這段時光。」

「你剛剛在說什麼？」

「嗯——沒什麼，手就算牽在一起也慢慢不覺得害羞了呢……那個啊，愛蜜莉雅醬，我知道明天開始妳就要忙王選的事……」

看愛蜜莉雅的側臉沒有出現緊張和警戒的神色，昴以輕鬆的語氣說道。

趁著心情平和說不定可以套到話，這段話裡包含了這樣的打算。

然而，一聽到他的話……

「——昴。」

表情消失，藍紫色瞳孔盈滿憂愁的愛蜜莉雅，態度十分堅決。

使者來的那天早上，還有出發之前，幾次談話中愛蜜莉雅都頑固地不讓昴接近這件事，這樣的態度即使到了王都也依舊沒變。

「我說過很多次了吧，帶昴來這裡是讓你履行與其他人的承諾，並且治療你的身體，我的事你不用放在心上。」

「怎麼可能不放在心上，我就在這裡，還牽著愛蜜莉雅醬的手……為什麼我得遵守不放在心上這種話。」

不知何時昴停下腳步，挽留想往前走的愛蜜莉雅。隱藏在帽兜底下的銀髮，有一縷髮絲貼著她的臉頰垂落。

昴不由得認為，那簡直就像是她的眼淚。

「我想成為妳的力量，如果妳有困難我會想盡辦法幫妳。不只是之前……未來也是。」

「——」

坦白自己的心情，昴的全副身心都會為愛蜜莉雅鞠躬盡瘁。

昴有自覺，那想法是以自己心中的何種感情作為火種燃燒，可是……

「為什麼？」

「嗚……」

「為什麼昴要做到那種地步？我不懂。」

眼中寄宿著困惑，愛蜜莉雅為昴的捨身付出感到不知所措。牽著的手被用力握住，像是在尋求答案，但是昴的喉嚨打結，不知道該說些什麼。

「因為……」

「──」

「因、因為……」

即使對到了嘴邊的想法有所自覺，但要將之化為語言還是需要覺悟與勇氣。

可是面臨突發的狀況，昴剛好欠缺這兩者。

在等待話語的愛蜜莉雅面前，昴最後還是沒能說出口。

「……我們走吧，不快點太陽就要下山了。」

沉默的時間過去，昴失去愛蜜莉雅容許的遲疑時間。

品嚐著沒出息的滋味，昴只能順從牽著自己的手再度邁開步伐的愛蜜莉雅。

想跟走在前頭的嬌小纖細背影搭話，但是找不到話說的自己讓人嫌惡。

面對拯救自己的生命和心靈、讓他胸膛火熱無比的少女，自己卻膽小到什麼都做不到，只能憎恨自己的怯懦。

『──我覺得到這程度就行了喔，昴。』

「──咦！」

彷彿沉浸在自我嫌惡的負面螺旋中，昴被突然聽到的中性聲音嚇了一跳。這種感覺，簡直就像竊竊私語直接鑽進腦內。

『是我啦。我是直接和你的心通話，不用擔心，莉雅聽不見的。』

聽到聲音的方式很不可思議，但那確實是耳熟能詳的聲音。

那是和愛蜜莉雅簽訂契約的精靈，經常以貓咪姿態陪伴在她身旁的超乎常理存在——帕克。沒看到牠的身影，那話語——像心電感應一樣的東西令昴感到驚訝，不過……

『唔……那我的聲音也能傳給你囉？』

『領悟力很高呢，還以為你會慌張失措……雖說要看聯繫的難易度，不過昴跟精靈之間的親和性搞不好很高呢，難怪貝蒂會親近你。』

帕克單方面理解的聲音，讓昴除了方才的鬱悶外還多加了焦慮。那種被撇除在外的疏離感，現在也在折磨著昴。

『莉雅的事你不用擔心，她剛剛的話不是對你失望啦。』

『是那樣嗎……你怎麼知道？』

『當然知道啦，莉雅的事我全都知道，因為我了解她。』

不說關鍵的部分，帕克用飽含父愛的聲音一口咬定。

帕克的保證造成反效果，更加感嘆自己能力不足的昴突然想到。

——仔細想想，我根本不了解愛蜜莉雅。

昴認識的愛蜜莉雅是個外表漂亮的半妖精美少女，目前是露格尼卡王國的國王候補人選，在支援者羅茲瓦爾的保護傘下。

直率、純樸、好強又是濫好人，有著為了他人不在乎自己吃虧的性格，愛裝成熟卻又很脫線，外加容易被騙。

昂認識的，全都是她表面的部分。

她的內在及內情，還有她以成為國王為目標的經過和理由他全都不知道。

『像那樣什麼都往心裡塞，你也真是個麻煩的孩子咧。』

即使閉口不談自己的淺薄，卻無法連內心都貫徹靜默。面對能汲取自己心中表層思緒的帕克，想要隱藏一切是不可能的。

『我說昂。』

不想再體會自己的悲慘，這種軟弱的聲音拒絕帕克。

可是，不是敲打耳膜而是敲動心靈的話語，卻無法傳達這點。

昂只能用沉默表明自身意志，但帕克還是單方面告知。

『——不要太依賴我，還有，我希望你不要讓莉雅有所期待。』

『……啥？』

『希望是溫柔的毒藥，即使明知總有一天會侵蝕身體，但只要在伸手可及的範圍，一旦誤以為可以幫上忙就一定會取用。你，正是那個毒藥。』

總是悠閒、堅守自己步調的存在——昂對帕克一直抱持著這種印象，但牠剛剛的話語卻背叛了那種印象，給昂十足的衝擊。

『那是什麼意思……』

反問帕克那叫人無法理解的話，但在答案傳到之前——

「到囉。」

拉著他前進的愛蜜莉雅搶先一步停下來。身子前傾，差點就撞上愛蜜莉雅的背，昴好不容易才停下來。

抬起頭的昴，遲了一步但也了解到這裡被稱作貴族街的理由。

景觀比貧民窟和商業大道等地區還要高尚美觀，直截了當地說，就是用錢的方式不同。建築物就不用說了，馬路和牆壁乾淨漂亮，為了維持美觀甚至還有造林。

如同地名所示，是上流人士居住的地區。

而他們要造訪的目的地，建築物橫亙在馬路中間，像要封鎖通往異世界的入口似的。給人堅固印象的石砌建築豪邁隨性，和貴族街的精細華麗大相逕庭。建築物背面和外牆的一部分相接，站在設置於上方的平台，應該可以一眼望盡都市。只不過那並不是設來欣賞景觀，而是為了監視眺望，這點很容易就能聯想到。

「這裡就是巡視王都的衛兵值班室，好像也負責確認進出貴族街人們的身分。」

「還兼具檢查哨的職務啊，所以才會蓋在這種地方吧。」

雖然明白合理性和便利性，但討厭公家機關的建築物已經是本能了吧。

沒對膽怯的昴說些什麼，愛蜜莉雅逕自走到值班室前。會放開牽著的手，也是考慮到場所才有的結果吧，被迫分開的手掌有點戀戀不捨。

正當愛蜜莉雅要敲值班室大門時——

「——唉呀，沒想到會在這種稀奇的地方見到您。」

值班室的門朝外開啟，一名青年從裡頭走了出來。

「久疏問候，愛蜜莉雅大人。在那之後，請問是否有任何異狀？」

青年恭敬地朝愛蜜莉雅行禮，而且還是對戴著帽兜的愛蜜莉雅。這個情況讓昴心中的警報大作，不過愛蜜莉雅一臉平靜地對青年點頭。

「……嗯，謝謝關心。沒什麼奇怪的地方，由里烏斯也很有精神呢。」

「您記得我實屬光榮。愛蜜莉雅大人也是，美貌又更上層樓了。」

名叫由里烏斯的青年，用幾近輕浮的台詞稱讚愛蜜莉雅的美貌。

將一頭紫髮仔細梳理在後的討厭人物，身高大概比昴高個十公分，差不多有一百八十公分吧。身材偏瘦卻沒有給人柔弱的印象，是能用精瘦來形容的美男子。魅惑異性的琥珀色瞳孔，跟他相稱得令人感到可恨。

「不過，身為近衛的你會在值班室，這點才稀奇吧？」

身上有著金碧輝煌的裝飾和以龍為意象的制服，腰間配戴像是西洋劍的細劍，而且與其凜然站姿相互輝映的頭銜，道盡了由里烏斯的職業。

「我是來慰勞士兵兼視察街道……主要就是這樣。雖然是因友人委託而來，不過偶爾以友誼為優先也不錯，因為像這樣步足市井，就能早一步欣賞楚楚可憐的花朵。」

說著，由里烏斯熟練地牽起愛蜜莉雅的手當場跪地。
他的動作一氣呵成，在白皙的手背上輕輕一吻。
呆愣地看著一連串過程的昴，感情慢了一拍沸騰，衝向前要譴責方才那觸怒神經的可恨行為。
但是愛蜜莉雅舉手制止呼吸急促大步逼近由里烏斯的昴。
「謝謝你，由里烏斯。還有突然這麼說很抱歉……不過我有點事想聯絡城堡那裡。」
「哦，您是因此才來值班室啊。那件事……跟那邊的那位有關嗎？」
聽到愛蜜莉雅的要求，由里烏斯降低音調看向昴。
對那藐視的視線感到不悅，昴也惡狠狠地回瞪。
「——和服裝不搭的品行及態度，這可不是對初次見面的人該有的樣子喲。」
「多謝你的忠告。我也給你一個忠告吧，你穿那樣吃咖哩烏龍麵，湯汁濺出來的話會很顯眼，建議還是不要那樣比較好。」
「那真是感激你的提醒，如果有那樣的機會我會小心的。」
互換絕對稱不上友好的笑容後，昴理解到自己跟對方合不來，由里烏斯也有同樣的感想吧。
他徹底無視昴，重新面向愛蜜莉雅。
「那麼，就由我帶您到對話鏡那裡。其實帶愛蜜莉雅大人到那樣複雜的地方，令我感到過意不去。」

「不用在意這種事，麻煩你帶路了。」

「那麼，請往裡面走。」

由里烏斯回到值班室在前頭帶路，昴也哼了一聲邁開步伐。

但是，站在兩人之間的愛蜜莉雅轉身擋住通道。

「昴在這等著。」

「……咦？」

昴目瞪口呆，愛蜜莉雅長長的睫毛顫抖著低垂眼簾。

「雖然很想讓你跟，可是由里烏斯不會有好臉色，所以你等著吧。」

「什麼嘛，比起我妳更在意那傢伙的心情嗎？那傢伙那麼討人厭耶。」

「不是那樣，不是怕由里烏斯不高興，而是我不想讓昴感到不悅。拜託你，就這樣吧。」

「不悅的感覺已經有了，而且還很多。那傢伙竟然隨隨便便就舔愛蜜莉雅醬可愛的手……」

修補過惡劣的印象，由里烏斯行為的變態程度，在昴心中更加昇華。

即使去掉這點，可以的話昴還是不想讓那男人接近愛蜜莉雅。

對由里烏斯抱持的警戒心不用說，昴內在的男兒心更是如此拚命吶喊。

「我會盡快回來，不會拖太久的。昴就當個乖孩子等我吧，拜託啦。」

雖然說法很溫柔，但又是濃厚的拒絕色彩。

愛蜜莉雅想徹底讓昴遠離自己的事務，但是害怕踏進去後會被討厭的昴，只能再度閉口不語。

「……我超遜的。」

呢喃撞上在兩人之間關上的門，就這樣逐漸消散。

腳踢石頭，昴站在遠離入口的地方等待愛蜜莉雅回來。他切換只能自我厭惡的思維，想起那個討人厭的男子。

「愛蜜莉雅確實說了那傢伙是近衛。」

如果昴的認知是正確的，那個單字應該是代表近衛騎士。

既然有騎士團的存在，那近衛騎士應該就是王族直屬的部隊。但在現今沒有國王的王國裡，其立場又是如何呢？

「所有王族都病死了，沒能察覺那樣的異變就該負起責任，近衛騎士團的菁英們全都該被處分，就來個抄家滅族或橫死街頭……不對，滿門抄斬太可憐了，就來個只有那個討厭鬼會倒楣的發展……」

想用陰穢想像來解心頭之恨，可是卻無法痛下決心，這到底是受到誰的影響啊？

換作以前的昴，面對不滿的情況要平復心中怨氣是不會挑對象的，就算謗天罵佛，只要能一吐焦躁不耐怎樣都好。

變得不會那樣，以好的意義來說是開始會在意他人的目光，這一定是來到這世界之後的轉變。

和耿直度日的少女接觸後，開始過著即使被她看見也不會感到丟臉的生存方式。朦朦朧朧的想法——但是，自己真的有稍微改變嗎？其實沒什麼自信。

「——嗯？」

陷入沉思的昴，因突然掠過眼角的不對勁皺起眉頭。

僅僅一瞬間，沒什麼特殊理由瞥向市場的方向時，他瞄到色澤鮮豔的衣服橫越馬路的畫面。豔麗的紅色只是稍微劃過視野就烙下了鮮明的印象，即使如此，光是單純通過應該不足以吸引昴的意識到這種地步吧。

如果不是看到身穿禮服的少女，被衣衫襤褸的男人們帶進巷子的話。

「剛剛那是……雖然覺得不可能，但該不會就是那樣？」

在衛兵值班室前進行的大膽犯行——雖然這麼想，但那搞不好就是所謂的丈八燈台照遠不照近。

事情發生的位置剛好就在值班室看過去的死角，若不是畏畏縮縮的昴偶然進入兩棟建築物之間，不然根本不會發現那一瞬間。

「待在狹窄地方比較容易冷靜的習性派上用場了。先不說這個，要趕快叫——」

衛兵來處理。才剛興起這個念頭，昴就猶豫了。不能確定是真的看見犯罪現場，誤報的可能性很高。

況且，現在的昴對值班室懷有單方面的強烈反感。

「誤報可能會給愛蜜莉雅添麻煩……先確認再說也不遲。」

說出這樣的藉口，昂看了一眼值班室，接著就朝巷弄跑去。違逆愛蜜莉雅叫他「在這等著」的話語讓他產生罪惡感，但是凌駕其上的使命感，以及對由里烏斯的對抗心理正在推動昂。

「——妳這個臭婊子，別開玩笑了！」

一跑進巷子就聽到這樣的怒罵，昂確信自己的所見和判斷沒有錯，於是加快了前進的腳步。

3

「開什麼玩笑啊，臭女人！小心我揍爛妳那張漂亮的臉蛋喔，啊!?」

「不要大聲嚷嚷吵個不停，愚夫。格調不足之輩連找麻煩都沒品至極。」

爭吵的聲音傳來，一名少女在狹窄的巷弄內，被三名男子包圍堵住去路。

這是很常見的小混混找碴事件，但是比起厭煩這樣的事實，少女足以吹散侷促巷弄空氣的風貌，鮮明地烙印在昂的意識中。

鮮豔的橘色頭髮用髮夾別起流洩至背後，反射太陽的光芒閃耀生輝。宛如鮮血的純紅色禮服，為少女的美貌賦予暴力的印象。

脖子、耳朵和手指上的諸多飾品，全都是外行人一看也知道的頂級貨，從頭到腳的行頭大概要價昂身上財產的一百倍吧。

即使渾身都是華麗的配飾，少女出眾的容貌卻絲毫不遜色。

充滿挑戰色彩的晶亮鳳眼有著紅色瞳孔，淺粉色的嘴唇和宛如新雪的潔白肌膚相輝映。足以讓探究美麗的專家耗盡一生的美貌，其姿態讓昴再度確認異世界的非常識性。

包圍那名少女的男人們使勁地粗聲厲語。

但是少女只是雙手環胸，彷彿在捧起異常豐滿的胸部悠哉以對。那樣的舉動讓男人們看不下去，覺得更加反感。

「——嗨、嗨喲！抱歉讓妳久等了，Honey！」

昴馬上舉起手，擠進他們之間。

三男一女因突然的打岔感到驚訝，昴朝他們露出笑容，雙手合十對男人們膜拜。

「好像遇到了一點麻煩呀，請看在我的份上饒她一馬。你們看，從外表就看得出來這女孩腦袋有點那個，你們懂吧？」

在治安絕對稱不上好的都市巷弄，打扮得珠光寶氣簡直就是在請人把自己剝光。這種毫無警覺心到極致的姿態，不叫沒常識的智障要叫什麼？

「呃，就是這樣啦！」對有些退縮的男子們這樣說完，昴抓住少女的手。

「唔。」

「好啦，在給這些大哥添更多麻煩之前走吧。今天預定要去吃甜點，兩人妳一口我一口喔……」

一邊流口水一邊變更與愛蜜莉雅妄想行程中的角色，昴快步拉著少女想要離開現場，可是……

「哦？」

「不准——隨便碰妾身。」

少女的另一隻手從上方抓住昴牽著自己的手，用扭轉身子的動作拉動昴的身體。原本牽著她的手不知道在何時鬆脫——才剛這麼想著，他的臉就撞到了牆上。

「咕哩呼哈嘎啊!?」

「唉呀，一出現就馬上這樣，凡夫俗子就是會流著口水糾纏妾身。」

昴按著受到猛烈撞擊的臉滾倒在地，少女像看到垃圾一樣不屑地說。

這過分至極的話，讓昴站起身反駁。

「妳會不會看狀況啊，剛剛那是要從小混混手中救出女孩子的黃金模式耶！不讓對方察覺到意圖可是既定規則耶！」

「不懂你在說什麼，妾身只會聽從妾身的想法，按照妾身所想去行動。」

「初次見面就抓人去撞牆的女人，這種邂逅已經不是最惡劣的等級囉!?」

想救人的意圖不僅沒有傳達出去，還被人當成色狼，真是太沒面子了。

痛楚和恥辱，讓昴後悔自己為什麼要擠出沒有的勇氣。一定被恥笑了吧，因為那些男子都用同情的眼神看昴，昴重新面對他們。

「怪了，怎麼覺得你們很面熟？」

戰鬥場面再度開啟，但昴卻因不對勁而歪起頭。試著將面前男子的臉和記憶做比對，找到符合的情報後昴拍了一下手。

「啊，是阿頓阿珍阿漢。咦？不會吧，騙人，王都只有你們這三個小混混嗎？」

眼熟的三人，就是在召喚第一天就來找昴麻煩的混混三人組。

被他們殺害過一次的經驗，使昴的內心浮現警戒，只不過……

「不過還真是沒力，搞什麼啊你們，靠這個吃飯啊？」

「突然闖進來還敲到頭，結果開始說些聽不懂的話了。」

「喂，我們不想理你，滾一邊去。」

「我覺得他很討厭耶，要不要教訓一下讓他自己閃邊啊？」

面對緊張感莫名消失的昴，三名男子面面相覷開始商量。

男人們越來越沒戰意，破壞這氣氛的是一直沒說話的少女。

「喂，在那邊磨磨蹭蹭的，你們是女生嗎？是的話就該把衣服穿整齊，做些讓妾身眼睛舒服的舉動。你們那處處是肌肉和體毛的打扮——實在是可笑至極。」

用手掩著嘴角，少女毫不吝惜地在謾罵中灌注侮蔑和嘲弄。一時之間無法理解自己被講了什麼的男人們，慢了一拍才鼓譟沸騰起來。

「開什麼玩笑，賤女人！」

「誰是女生啊，胡說八道！」

「自以為了不起在那邊說三道四，妳想怎樣啊，啊!?」

「妳不要太超過喔！就用妳那女人味十足的身體，牢牢記住我們是男人的事實……把我跟阿頓阿珍阿漢相提並論是怎樣……」

變成小混混四人組，昴對像牆頭草的自己感到驚訝。

老實說，會有這場騷動少女自己也有問題，對於這點昴現在非常清楚。

「我很同情你們，不過事到如今也不能更改初衷。而且我對你們不是沒有偏見，要恨的話就去恨第一天的你們吧。」

「那個自以為了不起的女人讓人火大，結果你也好不到哪去啊，混帳小鬼。」

他們的記憶中似乎完全沒有昴的存在。被愛蜜莉雅的魔法痛毆，三對一卻敗給昴，之後則是想阻礙他逃離巷弄，結果卻用刀捅死昴，真是無情啊。

「算了，那些事件全都不是發生在這個世界。其實，要說這些傢伙記得的……就是帥哥颯爽登場的那一幕吧？」

「——喂！我想起來了！這傢伙就是前陣子在商業大道的巷子裡……」

「是那時候腦袋有問題的毛頭小子嗎？根本沒什麼變嘛！」

「真的耶，因為穿著不一樣所以沒發現！」

阿頓一想起來，阿珍和阿漢也跟著想起昴。那些說法微妙到叫人不能聽過就算，但昴還是拍手讚許他們想起來。

「很好很好，很高興你們還記得。所以說，能不能看在我的面子上放我們走呢？」

「你白痴啊？就算不是不認識，但我們很明顯是敵人吧，狀況只是從三對一變成三對二而已。」

「容我訂正。不是三對二，是三對一對一。」

「妳能不能稍微閉嘴啊!?」

明明只要靠胡謅和吹牛就能避開危險狀況，但少女卻完全無視昴的意思，逕自我行我素。真想對五分鐘前的自己說「多管閒事也沒屁用」，可是已經來不及了。

畢竟阿頓阿珍阿漢本來就不是很有耐性的傢伙。

看到他們眼中的溫度急速下降，昴判斷見血只是時間早晚的問題。

「……沒辦法了，我本來是不想用這招的。」

「啥？王八蛋，開玩笑也要適可而止喔，你這傢伙是想怎樣……」

「事先聲明，我認識萊因哈魯特喔，懂吧？我跟萊因哈魯特是麻吉喔麻吉，只要我一叫他馬上就會衝過來。」

「──啥!?」

發動王牌「狐假虎威」。效果十分顯著，敵方打從心底皮皮挫。

聽到萊因哈魯特的名字，阿頓阿珍阿漢的臉色全都刷白。

「怎麼樣，要我現在喊一聲來解決你們嗎？要嗎？」

為求立竿見影馬上見效，昴用誇張的狂妄態度震懾阿頓阿珍阿漢。像是拚命在演默劇般，男子們憤慨地咬牙切齒。

「今、今天就先饒了你們。」

「可是我們沒輸喲，給我記住這點。」

「絕對不是害怕萊因哈魯特的名字！」

按照慣例，他們用不服輸的態度和威脅語句來增加小人物的味道，同時快速逃離巷子。直到完全看不見他們，昴才深深吐出一口氣。

終於脫離危機，暫時可以安心了。

這樣一來，少女的態度也會稍微軟化吧——

「幹嘛，那個乞求的眼光，妾身可沒有東西能賞給凡夫俗子喲。」

「才不是咧。不對，不能說是感謝搭救的謝禮嗎？」

「搭救？」

少女歪著頭，一臉不可思議。

她閉上眼睛像在思索，然後像是想通了輕輕吐氣。

「你方才的絮絮叨叨是為了搭救妾身嗎？嗯，都沒發現呢。」

「都沒發現是怎樣，又不是不能報答的等級!?」

「不要誤會，就算沒有你妾身也不會有事。不過就是碰巧解決沒什麼大不了的問題，還自以為有功討賞，這樣只是顯得更可笑。」

「雖然不懂意思但這是怎樣？就算沒人幫忙妾身大人也超強，所以完全不會有事，是這樣嗎？」

「不，情況更單純。這個世界本身會為妾身著想，因此不會發生對妾身不利之事。妾身得救是多虧了妾身，而你卻當作自己的功勞從旁搶奪功績，做出這樣的行為不覺得可恥嗎？」

講得天經地義、理所當然，宛如世間最普遍的常識。少女堂堂正正地挺著豐胸，主張自己的絕對性。

親眼目睹少女那像傲慢太陽的光輝後，昴清楚地體會到一件事。

——她是那種絕對不能扯上關係，個性叫人不敢恭維的麻煩人物。

「這、這樣啊，那真是對不起，多管閒事了。非常抱歉打擾妳，再見再也不見。」

遇到這類型的人，不要多事刺激對方，給予肯定後快快遠離方是上策。

昴沒有忤逆她的話，誇張地點頭後向右轉背對少女。

「——且慢。」

但是，聽到來自身後的呼喚，他不自覺地停下腳步，昴詛咒自己。

「有、有什麼事嗎？」

「那個袋子裡頭有什麼？讓妾身瞧瞧。」

從容繞到前面的少女，用下巴示意昂放下抱著的袋子。
老實遵從叫人火大，可是反抗的話會拖更久，那樣更叫人敬謝不敏。
昂悶悶不樂地打開袋口給她看裡頭——袋內是飽熟鮮紅的果實。
「看了還是不知道，這些水果……是何物？」
「妳問這是什麼，不就是凜果嗎？智慧的果實，妳沒看過嗎？」
聽到這個答案她眨了眨眼，然後哼了一聲像在恥笑昂的愚蠢。
「騙人，不好笑。聽著，凜果是白色的水果，絕對不是這種外表鮮紅的果實。」
「紅色的皮削掉就是白的啦。」
昂不高興地回嘴，但是少女的表情卻因他的回答失去顏色。
「不會吧，妳沒看過削皮前的凜果嗎？」
「嗯，確實只看過放在餐桌上的。明白了，呈上來。」
獨自點頭表示理解，少女傲慢地要求昂交出凜果。
跑來搭救快被打劫的少女，沒想到卻發生被少女打劫的稀有狀況。
好想馬上去見愛蜜莉雅，想被雷姆治癒，昂如此祈求。
「呈上來。剖成兩半看看裡頭，你那張嘴不是只會吐出謊言吧？」
「……溫柔一點喔。」
判斷抵抗很划不來，昂從袋子裡拿出凜果交給少女。

少女接過凜果，在掌中輕輕轉動像在確認觸感。

接著，左手比出手刀朝凜果一劃——凜果頓時被切成四片。

用舌頭舔拭沾到手指的果汁，少女滿意地凝視白色切面。

「甜甜酸酸的……這確實是凜果的味道，你撿回了一命。」

「還撿回一命咧……不，沒事，總而言之，妳滿意了嗎？」

「有意思。剩下的全都呈上來，每個都要剖開確認。」

「別、蠢、了！」

面對超越目中無人根本是暴君的發言和行動，就算是昴也忍不住發火。

「沒經過我同意就切開一個還不夠，為什麼非得全都給妳呀。這些凜果可不是普通的凜果，是男人之間的羈絆凜果啊！」

「蠢話就免了，不然這樣吧。」

少女指向昴抱著的凜果袋子，嘴角向兩旁揚起嫣然一笑。

「我們來打賭，如何？」

「——打賭？」

「沒錯，簡單的賭博。像這樣丟出硬幣猜正反面，一次賭一顆凜果，怎麼樣？」

少女提議擲硬幣，可是昴嗤之以鼻。

「妳講的話亂七八糟，而且前提很奇怪。這個打賭對我而言根本沒好處，我可以直接腳底抹油落跑喲？」

「當然，也要準備賭注給你。這個嘛……」

少女輕觸嘴唇思考，接著妖豔的雙眸波光流轉看向昴，雙手環胸抱起豐滿無比的胸部。

「要是你贏了，就准你摸妾身的胸部，這樣如何？」

以自己的身體作為賭注，這樣的發言讓昴長聲嘆氣搖了搖頭。

輕易拿自己當賭注的思維，沒有考慮未來的破滅式思考——因為賭博身敗名裂的人，經常會有這樣的特質。

眼前貌美如花的少女，深信只要是男人都會被她的美色誘惑吧，真是可悲又可憐的思考模式。

因為昴遲遲不回答，少女不知想到什麼，用有點懷疑的視線看向他。

直接迎視那道目光，昴俯視她清楚告知。

「多珍惜自己吧，講那種蠢話……可別以為我會被美色誘惑！」

然後……

「這樣妾身就七連勝了，你的凜果只剩三顆囉？」

「不會吧，要被整個扒光了!?」

在巷弄裡連戰連敗的昴，即將因賭博身敗名裂。

4

「好啦。」
少女白皙的手指拿起一顆被當成賭注的凜果，放到旁邊的袋子裡。這樣一來，昂手上的籌碼只剩下最後兩顆。
賭博開始十幾分鐘——就怒濤八連敗，即將輸個精光。
「膽敢挑戰妾身，就讓你知道自己有多不知天高地厚。妾身在最頂層，而你適合在底層爬行。」
「喂喂，只是賭博輸了就被歸類在金字塔最底端，這樣不會太極端嗎？一開始有點自尊心在作怪，後面是不肯退讓，最後卻自取滅亡……啊，最底層啊！」
「放心吧，除了妾身之外的東西全都在最底層，因為這個世界只分成妾身和妾身之下。」
本想反駁那亂來的理論，結果卻變成單純的嘴硬不服輸。
「好了，接下來呢？如果不敢將運氣交給硬幣的正反面，那也可以賭其他的喲。」
「既然妳都說了……那在這個最後關頭，我提議用猜拳跟妳決勝負！」
「猜拳？」
沒聽過的單字讓少女皺眉，這使得昂看到一絲希望。
「所謂的猜拳，就是邊吆喝邊用手比出決定好的手勢，是根據手勢優劣來定輸贏的決鬥。手勢有三種，分別是『石頭』、『剪刀』、『布』。石頭贏剪刀，剪刀贏布，布贏石頭，懂嗎？」

「哦——懂了，還蠻有意思的。那吆喝呢？」

「高喊『剪刀、石頭、布』，喊到『布』的時候就比出手勢。順帶一提，若出同樣的手勢就喊『平手』，馬上重來一次。」

「這就是全部的規則？好，明白了，那麼妾身會出布。」

「突然就出猛招!?」

猜拳需要高度的判讀力，因此她的話使昴戰慄。才剛說完規則就察覺其應用性的理解力，以及對勝利的貪求姿態值得稱讚。

「那麼開始囉。來，剪刀——石頭——」

「啊，等一下，暫停。喂，我還沒決定要出什麼……」

被掌握步調的昴焦慮不已，聽到少女的吆喝聲，他還沒想好就跟著舉起手……

「——布！」

少女隨吆喝聲比出的手勢，如同方才的宣告是「布」，而昴是「石頭」。

「即使用盡手段為自己找藉口，但在妾身看來你只是想拚命獻上凜果。」

「才不咧！以統計學來說，人類一旦被迫迅速進入猜拳遊戲，都會不自覺地握緊拳頭，然後不小心出石頭啦，我這笨蛋！」

過度沉浸在策略中，因而溺死在裡頭。完美演出浮屍的昴，手中的凜果移動到少女那邊。

——這樣一來，昴的凜果剩下最後一顆。

「好啦，賭上最後一顆，決勝負吧。」

「妳就可憐可憐我，放過這最後一顆吧。」

「你的凜果全是妾身的，放過一顆就等於放過全部。全部或是零，只有這兩種。既然都最後了，也可以賭上彼此所有的凜果喲。」

少女說賭上彼此所有的凜果，意味著她要用九顆跟昴的一顆對賭。全部或是零，簡直就是體現少女的毀滅性思考啊。

「——最後的勝負，也用猜拳如何？」

「妾身已道出決定，再來只是讓你講獻上凜果的手段而已。」

少女對自己的勝利深信不疑，依然不打算放過昴。如今只能做好覺悟，被人痛罵是惡鬼羅剎的覺悟。

「剪刀、石頭、布！」

吆喝聲重疊，兩人的手伸出的瞬間，聲音自世界消失。

比出堅硬「石頭」的少女，紅色的瞳孔傳達出遲疑。

「這、這是……」

「聽了會嚇到，看了會震驚，這是究極鬪技——『石頭剪刀布』！」

「那是什麼!?沒聽說有這招啊！」

「吵死了！我是沒說，但是是沒問的妳不對！這部分是石頭，這邊是剪刀，這一帶是布啦！也就是說，我這招贏了妳的石頭！」

「假如那個道理能通，那不是有一部分輸給了妾身的石頭嗎？」

「啊啊啊——聽不到！我的石頭借用了剪刀和布的力量，以『友情』、『努力』、『勝利』的方程式贏了妳，這就是全部！」

將比出石頭剪刀布的手朝天高舉，昴堂堂正正地用作弊技宣告勝利。

明知是亂講的理論，但將賭博本身搞得含糊不清，實乃惡作劇的一種。

但是少女無視昴這樣的思緒，深深嘆了口氣。

「原來如此，這確實是妾身的疏失。那招同樣是跨越思維之術，也是有其趣味……好吧，是你賭贏了，那就照你的期望。」

少女往前踏出一步，簡直就像在說「來吧」。理解力太好的她反而讓昴緊張，少女一往前進他也忍不住跟著後退。

「你該不會……是在終於能摸胸部的階段才感到害怕吧？」

「什麼!?說、說那什麼話，真的聽不懂耶！妳說誰怕怕怕怕了!?」

「……真是個莫名其妙的男人，像這樣害怕倒也挺討喜的。」

在最後關頭怯場的昴，以及自尊心不允許撤回前言的少女，陷入一退一進的膠著狀態——結果變化來自外頭。

「——嗯，事情似乎變麻煩了呢。」

少女的視線突然離開昂，看向通道的入口。

「啊咧，好像有很多素行不良的傢伙靠過來了呀？」

「而且站在前頭的是見過的愚夫。唉呀呀，全都是無趣的愚民。」

「聽到萊因哈魯特的名字還回來，那些傢伙到底在想什麼啊!?」

「跟騎士中的騎士是朋友，牛皮吹太大反而露餡了吧。那種貨色也是好面子的，八成是想靠數量報復，真好懂。」

「可惡，今天有夠多災多難！」

從摔下龍車未遂開始，接下來跟愛蜜莉雅相處尷尬現在又這樣，一直沒遇到好事。

昂強行牽起站著不動的少女的手，抱著凜果朝巷子深處衝。

「喂，你在做什麼？不准隨便碰妾身。」

「現在是說這種話的場合嗎？如果不想在出嫁前渾身是傷就快跑！」

拉著手跑過難走的路，昂帶著欠缺奔跑意志的少女衝入黑暗。

身後，男子們的叫罵和腳步聲交織著追上來。

今天真的很倒楣。省下詛咒上天的力氣，昂拚命地持續奔跑。

「不跑快點會被追上的，現在是玩的時候嗎？」

「妳、妳講這種話……等等……真的……有點……」

在窄巷中奔跑大約五分鐘後——跑在前頭的少女從容不迫、呼吸平穩，但不耐長時間全力奔馳的昴，早已陷入有氣無力的狀態。一開始狂奔的時候是昴跑在前頭，但後來因為體力的問題而立場顛倒。

「真是丟人現眼，竟然落後妾身這種楚楚可憐的少女，知不知恥啊？」

「我要拿大病初癒來當免罪符……講是這樣講，但狀況太糟了。為什麼朝人煙越來越稀少的方向前進……有想到什麼辦法嗎？」

跟追在後方的集團有段距離……但是路就這麼一條，只要放慢速度遲早會被追上。雖然想到大馬路上，可是巷弄卻越來越複雜。

「沒有！妾身所為之事全都會自動對妾身有利，因此沒必要深思。過去是這樣，未來也是如此，相信妾身的所為吧。」

「妳剛剛猜拳明明就輸我……」

雖然還沒到盡頭，但只要狀況沒改善就脫離不了險境。

「——嗯，這樣可麻煩了。」

少女突然在呼吸急促的昴面前停下腳步，手被拉著的昴跟著停止，看向少女詢問怎麼了。

「喂喂，現在沒閒工夫停下來啊，要是不多少拉開距離可是會……」

「──膩了。」

「對，膩了……什麼!?」

昴被出乎意料的字眼嚇到愣住，少女用百無聊賴的目光看著呆掉的昴。

「妾身說膩了。話說妾身為何要跑？妾身的行為由妾身決定，絕不會被後方粗野之輩的言行左右。」

「講、講那什麼話啊!?不然妳有啥方法可以突破這種狀況……」

「嗯，決定了，就賜你抱起妾身的榮譽吧。」

「NO THANK YOU！」

昴雙手交叉表達拒絕，少女明顯心情不佳地皺起臉。

「抱起妾身的榮譽可不是每個人都有，竟然主動拒絕，真是不知恐懼的男人。」

「我像是可以抱著人跑的肌肉男嗎？就算在萬全的狀態下，要抱起造型值比妳低的女生都要用盡全力啦！更何況現在的我體力已經枯竭了！」

少女朝氣勢逼人卻毫無幹勁的昴投以輕蔑的視線，但卻拿不出其他良策。

正想著為這玩笑浪費時間只會走投無路的時候──

「想說好久不見了，你在幹嘛啊？」

聲音的主人自昏暗的深處慢慢展露巨大身軀。

抬起視線，一般人頭部的位置對上這人物只到他的胸口。視線再往上抬，看到一個相貌凶惡的禿頭。

——肌肉發達、骨架粗壯的眼熟老頭，正俯視著昴和少女。

「救命爺爺來了！這樣就贏定了！」

「許久沒見一見就惹人火大的小子，不甩你了。」

「等一下，救命啊，現在是生死關頭！這是我這個月大概第十次身陷絕境了！」

「頻率太高啦！」

用拌嘴代替打招呼，巨軀——羅姆爺來回看著昴和少女，接著瞇起眼睛。

「怎麼，又扯上麻煩事了嗎？帶著女人惹麻煩，還真是不能小覷你啊。」

「別把無禮的目光放在妾身身上，骯髒的老木頭。」

「我就算了，但妳的嘴巴也很壞耶，竟然對能讓置身地獄的我們起死回生的老頭講這種話！不要生氣喔羅姆爺，我跟這傢伙只是講話直了點！」

「你還是老樣子，削弱他人幹勁的功夫一流啊！快點躲起來！」

少女一臉話還沒說完的樣子，昴摀住她的嘴巴，朝羅姆爺用視線指示的方向飛奔。那裡堆著廢棄木材，只要蹲得夠低應該就能遮住兩人的身影。

先把少女塞進去，昴接著鑽入其中。一堆灰塵讓少女又想抱怨，不過昴繼續摀住她的嘴巴，勉強算是躲好了。

「羅姆爺，OK！」

「喔什麼虧啦……老朽會用身體擋住，可別亂動喲。被發現可就麻煩了，這點老朽也一樣啊。」

羅姆爺邊抱怨邊用龐大的身軀遮住兩人。

然後，在躲起來大約幾十秒後，數個腳步聲迅速來到附近的巷子——

「搞什麼，以為是小鬼結果是老頭啊，可惡！」

集團裡帶頭的男子破口大罵，羅姆爺一派悠哉地接受。

「幹嘛，嚇老年人的行為可不值得佩服喔。」

沒有特別灌注威嚴的一句話，但由羅姆爺這種巨漢不開心地道出口，光是這樣就成了一聲恫嚇。包含帶頭的男子，整個集團都有點緊張。

「我還以為是誰呢，這不是克羅姆威爾老頭嗎？對我們講這種自以為是的話，你哪來的立場啊？」

集團裡頭的某個人，指著羅姆爺說出愚弄他的話。

「被人用那個名字稱呼，很討厭呢。」

羅姆爺滿是皺紋的臉，刻出更深層、可說是苦惱的皺紋作為回應。

「給我搞清楚，老頭。贓物庫沒了，貧民窟的人可沒必要給你好臉色。」

「那種長年堆積污垢的地方，消失得清潔溜溜反而叫人神清氣爽啊，現在可以隨心所欲做想做的事了。」
羅姆爺的表情幾乎沒變，開口回答一臉奸詐的男子。男子聳了聳肩。
「隨便啦。不說這個了，克羅姆威爾……有沒有兩個小鬼跑到這裡？」
「沒看到啊。你們才是，知不知道老朽認識的金髮小姑娘跑去哪了？」
「不知道啦。哈，撿回來的孩子這麼重要嗎？我們可別變成那樣的老糊塗喲。」
敷衍地揮了揮手，嘲笑羅姆爺的男人們鬧烘烘地離開現場。
目送他們的背影，羅姆爺咬唇像在強忍怒意。
從木材縫隙眺望那張側臉，昴實在是坐立難安。
久別重逢的羅姆爺對自己還是很友好，這是叫人開心的事實。
但是他現在的樣子，卻跟昴認識的他有落差。
「你素打散……」
「嗯？」
聽到像是呢喃的聲音，昴中斷思考看向隔壁。身旁距離近到能感受到呼吸的美貌少女，嘴巴依然被昴的手掌摀著。
「要用蘇掌摀嘴巴到機時……好大的膽子！」
犬齒以毫不留情的力道咬進手掌造成劇痛——
「——啊咿!!」

昂像幼犬的高聲慘叫，悄悄地迴響在巷弄的角落。

6

「謝謝你把我們藏起來，羅姆爺。最後見面時你的腦袋被狠狠敲了一下，害我懷疑你會不會因此痴呆，還好沒事真是太好了。」

「你……老朽改變心意，把剛剛那票人叫回來沒關係吧？」

「不要塊頭那麼大卻講器量那麼小的話啦！小家子氣的人我一個就夠了！」

看到昂豎起拇指、牙齒反光，羅姆爺滿臉疲憊的嘆氣。

場所從方才的窄巷移動到稍微開闊一點的街道，羅姆爺把昂他們帶到不會引人注意卻又適合說話的地方。

「喂，你這傢伙，看你們講話很親近，這老頭是誰？跟妾身說明。」

保持沉默到現在的少女，終於耐不住焦躁拉扯昂的衣袖。

「這個老爺爺是王都貧民窟的黑暗面，原本是扒手們的老大負責銷贓，別稱巨人羅姆爺的小氣鬼。特技是有眼無珠和疼愛孫女，還有負責送敵人經驗值。」

「活這麼久得到的是這種評價嗎？原來如此，是值得憐憫的悲慘人生呢，老木頭。」

「你的相好也是叫人很火大的小姑娘啊！」

聽到過分的評價羅姆爺氣憤不已。雖說不意外，但這些說明也不全然是謊言，不過昴先將這些事放在一邊，向羅姆爺露出親切的笑容。

「遇到你很慶幸是真的喔。坦白說，那時候我已經處在瀕死邊緣，根本沒辦法確認之後會有什麼下場呢。」

「……該說你轉換很快還是怎樣嗎？腦筋不正常的小鬼。你也是，似乎逃出那個地獄了呀。」

羅姆爺露出苦笑，從上到下輕輕打量昴的全身。看到殘留在昴身上的數道傷疤，他沉痛地皺起臉。

「老朽也沒資格說別人，不過你似乎被那個用刀子的砍得很慘呢。」

「不是，被內臟女傷到的地方基本上是肚子，其他全都是在那之後受的傷。」

「在那之後不過才一個月，到底發生了什麼事!?」

認為羅姆爺大叫的反應很正常，昴回想起這一個月——以體感時間來說是將近一倍的時間。女僕姊妹和魔獸騷動，魔女的問題以及如怒濤般洶湧的每一天。

看昴噤口不語，自行解釋的羅姆爺搖了搖頭，端出其他話題。

「——小鬼，你知不知道菲魯特跑去哪了？」

「……你沒聽說嗎？據說是被萊因哈魯特那傢伙帶走了。」

「萊因哈魯特……那名『劍聖』嗎？騎士中的騎士為什麼要帶走菲魯特？」

羅姆爺的表情可說是萬分正經。

昴想起在贓物庫發生的事，了解到兩人話中的分歧。

在那次事件裡，羅姆爺在萊因哈魯特闖入之前便失去意識，之後一直到昴失去意識的這段期間，羅姆爺和萊因哈魯特都沒有接觸。

「在悲慘廢墟中醒過來的羅姆爺，沒有得到任何說明只能發呆。」

「才沒陷入那種可悲的狀況呢。老朽醒來的地方是衛兵值班室，有被治療這點是很感謝，不過馬上就跟那裡說再見了。」

「哦，也對啦，那邊確實有點讓人待不住。」

對做壞事的人來說，在警察醫院清醒可說是如坐針氈，沒有餘裕聽官方說明就早早逃跑也不是什麼怪事。

「所以認知才會錯開嗎？OK，那就讓我跟你說明我失去意識之前的事，還有我失去意識之後填補上的空缺。」

說完開場白，昴手腳並用重現在贓物庫發生的事。

羅姆爺對昴莫名魄力十足的演技感嘆不已，原本覺得很無聊的少女也探出身子，頻頻催促想知道事情的發展。

「然後我對驚訝的她這麼說——請問芳名？」

「呵呵，挺風雅的不是嗎？妾身也不討厭。」

「哦，真敢說……不對，現在哪是感動的時候！總而言之，小子你也不知道菲魯特被劍聖帶走之後的事吧？」

「包含那方面我本來是打算今天去確認，所以才會親自走這一趟……」

想跟關鍵人物萊因哈魯特取得聯絡，卻被這樣絆住了腳步。

「不過……怎麼偏偏是阿斯特雷亞家呢。」

呢喃只在羅姆爺的口中成形，沒能傳到昴的耳朵。

仰望一臉嚴肅的羅姆爺，昴無可奈何地聳了聳肩。

「我可能可以跟萊因哈魯特說上話，知道什麼的話會跟羅姆爺說，畢竟要確認菲魯特有沒有平安無事。」

「那真是多謝了……只有你才有那種莫名奇妙的門路。你跟那邊的大小姐是什麼關係？」

「不，完全沒關係，我甚至連這女的姓啥名誰都不知道。」

「你啊，連名字都不知道，還跟對方捲進那種混亂場面!?」

「回想起來，我當初也是不知道愛蜜莉雅醬的名字就為她拚死拚活，所以就我的行動而言這也沒什麼好奇怪的啦。」

昴回答得事不關己，羅姆爺揉揉眉心，像是感覺很疲倦。

「光想也無濟於事。好，我明白了，那就拜託你。要是知道菲魯特的事，麻煩告訴老朽一聲，老朽願意做任何事作為回禮。」

「很發奮圖強呢，果然疼孫就是這樣？」

「──說的也是，那孩子就像老朽的孫女，所以拜託你了。」

羅姆爺毫不隱瞞全盤給予肯定，昴忍不住揚起嘴角。

那個金髮小偷，要是知道自己被這樣看待會作何感想呢？以她的個性一定會紅著臉逞強吧。

「儘管如此……沒想到會出現萊因哈魯特這個奇特的名字。」

與羅姆爺的對話告一段落，少女出聲低喃。

昴收起鬆懈的表情，回頭看含笑的少女。

「喂喂，偷聽很沒品喔，不要豎起耳朵聽人長短啦。」

「妾身沒打算聽，是你們自己在妾身面前開始講的。我說你，聽你剛剛的口氣，認識劍聖這點似乎不是唬人的，你們很熟？」

「見過一次面就是朋友，我還沒有恬不知恥到這種地步，不過我們之間絕對是友好的關係。」

萊因哈魯特有恩於昴，而昴堅持有借有還。

可是昴實在無法想像，萊因哈魯特會陷入什麼需要他幫忙的困境。

「妳才是咧，妳又知道萊因哈魯特什麼了？妳是他的大迷妹嗎？感覺不像啊。」

「傳聞說他是個怪人，再來就是曾遠遠見過他而已。」

能把連話都沒說過的對象想成怪人，這少女的腦袋本身也是怪到爆炸。

少女接著沉默不語。懶得跟她繼續談話，昴重新面向羅姆爺。

「這傢伙先放著不管，我該怎麼跟羅姆爺聯絡咧？」

「商業大道有個叫『卡德蒙』的店，跟裡頭的可怕老闆報上老朽的名字就行了。」

「好喲好喲——卡德蒙……卡德蒙？」

聽到聯繫的手段，那個耳熟的單字讓昴歪頭思索。

不管怎樣，跟羅姆爺見到面也訂下了約定，出乎意料地達成了一個目的。

為了解決之後的問題，首先要——

「對了，羅姆爺。其實我跟這女的都迷路了，在完成約定之前，繼續迷路的話我的冒險就要在這結束啦！所以說，麻煩你帶我們到大馬路。」

「嗯，知道了，交給我吧。要去哪條路？」

「那麼，麻煩到衛兵值班室前面。」

「你不是有聽到老朽就是從那裡逃出來的嗎!?」

羅姆爺的大叫被吸進巷弄裡的虛空。

7

自從與愛蜜莉雅分開，經過了差不多快一個小時。

「一開始想說污穢之地就算亂七八糟也有可看度，但是看慣了就毫無吸睛之處，根本沒能慰藉妾身的無聊。」

橘髮少女用無聊至極的眼神看著巷內這麼說。

她搖晃著拉起來的裙襬，絲毫沒有要壓抑不滿。

「王都的城市設計師，也沒想到街道會被評價為無聊吧。」

「世界是為了妾身而存在，所以這世界的一切全都應該要取悅妾身。不知道採用這種無趣街道的傢伙在搞什麼，王族這玩意也是，出乎意料的沒眼光，搞不好就是因為這樣，最近才會滅絕。」

「竟、竟然在國王跟前口出如此大不敬之語，妳……」

光聽就叫人捏一把冷汗的發言，讓昴忍不住確認還有沒有其他人在場。

少女對他這種與其說是慎重，更偏向是膽小的樣子嗤之以鼻。

「無趣的反應加無謂的杞人憂天，你終究也只是萬千凡夫之一。」

「我對自己是萬千凡夫中的平凡人物有自覺，輪不到妳來說啦。比起這個，我已經不想浪費時間配合妳了，等待我的女生會罵我、討厭我的。」

「愚蠢透頂。與妾身在一起，還分散注意力到妾身以外的存在，著實無禮之至。妾身也是有伴的，不過妾身可不覺得是走散了。」

「妳還是那樣想一下吧，妳的同伴有夠可憐的耶。」

這個少女根本是傲慢的化身，雖然沒看過陪同的人，但短時間陪著她的昴能夠深切體會那個人的辛勞，同情心不禁油然而生。

「唉，算了。」

反正只是萍水相逢，連彼此姓名都不知道的人。

一旦走到大馬路上，背過身離開後就不會再碰面了吧。

之前一直刻意壓抑不爽的心情，但自己本來就不具有與誰都能友好的博愛精神。努力去喜歡討厭的東西，對昴來說是最厭惡的行為。

儘管這麼判斷，但在抵達大馬路前卻沒打算丟下少女一人，這也彰顯出昴這個人的個性。

順帶一提，羅姆爺沒跟他們一塊走。不想到大馬路上的他，只負責指引路線就在巷弄中與兩人分開。時間不夠，對此有點後悔的昴最後……

「——在東想西想的期間，總算走到出口啦。」

轉角前方，終於看到被明亮夕陽照射的馬路。確認穿梭的人影絡繹不絕後，痛苦的時間總算要結束了，昴對此感到安心。

「到了大馬路，我跟妳就是互不相干的陌生人。我得去找我可愛無比的女伴，也想避免陪妳去惹麻煩，妳就用妳的方式拚命去找妳的伴吧，不要白費力氣到處打轉，好好去找吧。」

離別近在眼前，讓人忍不住想把累積至今的鬱悶化為壞話說出口。當然，昴也做好少女會反駁的心理準備，但她卻默不作聲地停下腳步、雙手抱胸。

「幹嘛啦，都不講話。雖然有點說過頭了，不過我的真心話就是那樣。儘管之前的事態發展還不錯，不過今後可要稍微謹慎點……」

「嗯，有點憐憫你了。」

面對昴無趣的解釋和說教，少女面露嘲笑。

「先不論有無自覺，那丑角之舉似乎已經沁入你的身心。那不是你的美德，單純只是隱藏弱點的薄殼——臉也一樣，慘不忍睹。」

「前半部很認真，後半部是怎樣？拿人的長相來恥笑？」

「既然從頭到尾都聽得懂，那就不是妾身的問題了。」

她想說的話，根本沒有好好傳達給昴。

她的態度和行動都彰顯出她是個發言自己懂就好，懶得顧慮他人的少女。

就算深入追問也得不到明確解答吧。這麼一想，昴放棄了接下來要對少女說的話。

或許是藉由將她定義為無法理解的存在，昴才得以避免當場觸及她的真正想法。

只不過，在這種情況下不可能得到更多答案了，因為——

「——總算找到了。」

一走出巷子，便有道聲音前來迎接兩人。

跟狹巷窄弄不同，大馬路被高掛的太陽普照，陽光刺目到像要燒灼雙眼。背對著那道光輝，身穿白袍的少女正看著昴。

端正的眉毛皺起，手指忙不迭玩弄著閃耀的銀髮，藍紫色的瞳孔因憂心而顫抖，嘴唇則因放下心來略微放鬆。光看這些，就知道她有多擔心昴。

後悔讓她感到不安，另一方面，昴也察覺到自己為此覺得很高興。

「啊，愛蜜莉……」

出乎意料地順利會合，讓昴頓時眉開眼笑，但是呼喚卻因奇怪的畫面中斷——在鬆了一口氣的愛蜜莉雅身邊，他看到了一個人影。

從結實的體格來看，可以斷定是男性。

「等等、慢著、等一下！竟然趁我不在的期間搭訕愛蜜莉雅！」

昴大步飛奔向前，介入男子和愛蜜莉雅之間。

不過瞪著背光的男子，準備要鼓動三寸不爛之舌的昴表情一僵。

「喂——喂，小姐小姐，妳同伴腦袋的螺絲不是鬆了是掉光囉，沒問題吧？」

親暱呼喚愛蜜莉雅的聲音聽起來含糊不清。

這也難怪，因為出聲的男子，頭部被全罩式頭盔給包覆了。

遮住整張臉的頭盔——漆黑的頭盔構造非常精細，但是只有這樣不能說是很醒目的裝扮。不對，這樣說明不正確，光是這樣就十分醒目。

「再會的喜悅比不上對奸夫的擔憂嗎？男人心複雜到叫人看了很興奮呢。」

「你也好不到哪去，時尚感很糟耶!?」

「你——對長輩的說話態度也很沒禮貌呢，因為我是陰沉的老好人大叔，所以才會原諒你，不過也是會看對象直接斷人腦袋喔。」

被尖叫的昂指著的男子，開心地敲敲自己的脖子。

當然，他敲的是赤裸裸的頸項。男子的頭部戴著漆黑的全罩式頭盔，但是身上披著便宜的斗蓬，還有用麻布製成像是山賊才會穿的上衣與褲子。腳上套著足袋再穿上像是涼鞋的鞋子，腰後掛著一把做工精美的大劍——像青龍刀般寬厚的傢伙橫插著，不平衡點在這裡發揮到極致。

要比奇特的話昂的運動服也不會輸，但是男子的裝扮完全超乎常識的範疇。

「這種打扮該不會是王都的標準規格吧？愛蜜莉雅醬。」

「放心吧，昂。被這個人穿著嚇到的不只是你，我也一樣。」

「沒錯沒錯，她嚇了一大跳喔，真可愛呢。不過她後來主動說要陪我找迷路的小孩，害我嚇了一跳。」

男子笑得嘻嘻哈哈，爽快地道出跟愛蜜莉雅在一起的理由。

聽到這邊，昂抓住愛蜜莉雅的肩膀，凝視她的雙眼。

「愛蜜莉雅醬的濫好人性格是超級美德，不過還是要慎選對象比較好。毒蘑菇為什麼從外觀就看得出有毒呢？『我有毒，很危險喔，吃了會死喔』，因為周圍的人有教所以才能防患於未然，知道嗎？」

「聽起來簡直就像在講我是危險人物，很過分耶？」

「像你這種外表可疑的傢伙，在我那個對孩童保護過度的進步故鄉，已經到了立刻報警的程度，附近的小學還會因此召開臨時全校朝會呢。」

朝說話輕浮的男子劈哩啪啦念一頓後，昴重新面向愛蜜莉雅。

「總而言之，我常跟愛蜜莉雅醬說要小心車子和男人吧？尤其男人都是色狼，毫無防備對他們露出可愛笑容是不可以的……妳生氣了？」

「聽到昴對我說的話，我只是在想，要是昴也記住我講的話就好了。沒錯，就只是這樣。」

自己招惹了麻煩。意識到這點的昴，對自己的失言悔恨到想掩面的地步。

但是很幸運的，原本應該會被念得更慘的事態被硬生生打斷。

「嗯，在妾身前行的地點等待還算精明。值得嘉獎喔，阿爾。」

「……老實說，偶然又碰巧走失的感覺不容否認，但是這麼說又會惹公主不悅，實在很麻煩啊，還是先認同吧。是啊，如妳所言！」

少女往前踏出一步，傲慢地斷言。聽到那番話的男子——被稱作阿爾的男子笑道，接著用手掌粗魯地撫摸少女的橘色腦袋，然後讓她站到自己身旁。

「多麼稀奇的偶然，小姐找的人和我找的人竟然一道行動，這或許是有什麼緣分。」

「就是萍水相逢乃前世之緣吧。除了跟愛蜜莉雅醬的紅線姻緣，其餘我一律都NO THANK YOU。」

「——小哥，你這傢伙嘴很硬呢。」

他剛剛似乎慢了一拍才回答。

但是那樣的疑問，立刻被阿爾悶在面罩裡的笑聲和輕輕揮動右手的動作打消。

打從見面開始，他的舉動全靠右手表現。

要說為什麼的話，因為眼前這名男性少了理應存在的左手。

只有一隻手，戴著漆黑頭盔，以及與其懾人風貌不相稱的草率服裝。

從聲調和臉以外的地方來看，他恐怕是比自己大十歲以上的人物。儘管如此，會不把他當成長輩，大概跟他那和服裝一樣輕率的態度有關吧。

講好聽點是容易親近，講難聽點就是不沉穩的大人。

「有保護者帕克跟著，為什麼不能防範這次的接觸……」

『因為一出值班室，莉雅就在馬路上看到這個人正在翻垃圾桶找人，然後就電光石火地衝過去多管閒事，我連阻止的時間都沒有。』

『這樣啊……』

帕克用心電感應回應昴的疑問，而且回答時毫不隱藏自己的無力。對於愛蜜莉雅的濫好人個性早就知情，但是翻垃圾桶找人的阿爾，其常識也奇怪過了頭。

他們獨處的期間，阿爾沒對愛蜜莉雅做什麼奇怪的事或灌輸奇怪的知識吧？

昴邊想邊擔心地看向愛蜜莉雅，然後他注意到了。

「——？」

沉默的愛蜜莉雅，簡直就像要避人耳目般躲到昴的後方，原本可以看到臉的帽兜重新往前拉好，還盡可能壓抑聲音抹消自己的存在。

詫異皺眉的昴，朝愛蜜莉雅窺視的方向看過去。

「怎麼，一直盯著妾身看。一旦分別便會感到惋惜的美貌，妾身的美確實是神所犯下的罪，不過默默注視也太無禮了吧。」

「不好意思啦，如果要以保養眼睛為目的，我們這邊也是菁英等級……彼此好像都找到要找的人了，差不多該解散了吧。」

對愛蜜莉雅想要隱藏身分的對象──冷淡回應少女的話後，昴不是朝她而是朝阿爾暗示該分開了。雖然不知道為什麼，但愛蜜莉雅不想在這裡被人注意，既然如此就順她的意，採取正確的行動。

「哦，不錯喲。不是對公主而是對我說，你的判斷很正確。」

「……我還蠻同情你的，我是說真的。」

「用大人的包容力巧妙應對就不會那麼累啦。要訣是將她想成完全沒被教養過、心高氣傲的貓，這樣就會覺得很可愛，沒上年紀是很難理解這點的。」

聽到昴認真以對的話，阿爾只是聳了聳肩，視線落到少女身上。雖然無法看到頭盔裡的雙眼，但是氣氛就像是父親關愛愛女。

看來不是惡劣的關係呢，昴漠然地這麼想著。

「那我們走這邊……你們呢？」

「既然如此，妾身也走這邊。」

「……不然，我們走反方向。」

「既然如此，妾身也走反方向……」

「煩死了，就這麼喜歡我嗎!?妳是那種高傲的倒貼角色嗎!?」

「不過是開個玩笑就嘰嘰喳喳那麼吵，無聊的男人就無聊致死吧。」

直到最後依舊不改百無聊賴的態度，少女帶著同伴威風凜凜地離開。那毫不猶豫的腳步，讓期望分開的昴不知為何頗不是滋味。

因此，昴朝離開的少女給予最後的報復。

「喂，接住，自大女！」

「竟敢對妾身口出狂言，就命令阿爾把那腦袋……」

說著可怕的話回過頭的少女，微微瞪大了紅色的雙眸。

畫出拋物線，被丟出去的兩顆凜果，直接落到少女伸長的手中。

「給妳啦，羈絆的凜果。賭到最後是我全拿，不過這是勝者的特權，可以說是武士的憐憫啦，今後可別再隨便跟著壞心的大人走囉。」

「妾身被那些傢伙纏上，可不是因為那種像蠢小孩的理由。」

「……那就問一下，妳是因為什麼理由被纏上的？」

「我問他們用那種窮酸臉和襤褸樣活著，不覺得愧對世界嗎？結果他們就暴怒了。」

「從個性和事情來看都是妳不好啦！」

重新同情起阿頓阿珍阿漢，昴牽起愛蜜莉雅的手背對他們。總而言之，有報一箭之仇就心滿意足了。

和低頭的愛蜜莉雅快步離開，最後馬路另一頭傳來朝兩人大喊的聲音。

「——小姐，謝謝妳陪我找東西啊！」

聲音雖然悶悶的，但帶著感謝之意的呼喊傳到兩人耳中。

8

「我說愛蜜莉雅醬，那兩個人不在了，差不多可以說話囉？」

和自大少女及其保護者分開，走了一陣子之後兩人才停下來。

對於愛蜜莉雅驟變的態度，昴苦惱著是不是自己說了什麼奇怪的話。

「昴，你跟剛剛那個女生……」

沉默半晌，抬起頭的愛蜜莉雅道出的話如昴所料，是談及她極力避開目光的少女。

「那個，你跟剛剛那個女生……是在哪裡碰面的？為什麼在一起……」

「咦，怎麼怎麼，愛蜜莉雅醬在嫉妒？感覺是吃醋妒忌的展開？」

「——昴。」

想像平常一樣輕鬆回應的昴，被愛蜜莉雅簡短的呼喚打斷。她的表情認真，嚴肅的側臉讓昴領悟到現在不是惡作劇的時候。

「唉、唉呀，愛蜜莉雅醬，用那麼認真的表情說什麼……」

「拜託你不要打哈哈。昴，你為什麼會和那個女生……」

愛蜜莉雅打斷昴的話語繼續追問。為此感到動搖，昴改變想法打算誠摯回應她的要求。

但是，昴那難能可貴的正經想法——

「終於找到了！還真會跑呀！」

像要覆蓋兩人的對話，粗言粗語的痛罵聲將談話整個打斷。

聽到那個聲音，昴環視周遭感到錯愕不已。

外表只能用粗野來形容的男子們，堵住通道包圍兩人。站在他們前面的是阿頓阿珍阿漢中的阿頓，他瞪著呆若木雞的昴。

「為了回敬剛剛把我們當白痴的謝禮，我們一直在找你和那個女的呢。」

「……吵輸人就叫兄弟來報復嗎？不管多白痴、多火大，我一直相信……你是自己的屁股自己擦的那種……有骨氣的男人……！」

「不要講那種莫名心痛的話！你又知道我什麼了！」

聽著阿頓口沫橫飛的惡語，昴平靜地觀察四周。堵住馬路的人數約有十五、六人，連要期待萊因哈魯特亂入打岔都覺得困難。

「也就是說，雖然丟臉，可是仰賴愛蜜莉雅醬和帕克是我的最佳方案！」

『真的很不要臉，不過毫不猶豫地承認自己無能為力這點很厲害。』

帕克用念話稱讚直接仰賴他人的昴。雖然對阿頓他們很過意不去，但在大精靈帕克的力量面前，小混混就算湊成一團也不算什麼，露格尼卡的春之雪祭即將展開。

『真是清爽又危險的想像……不過似乎輪不到我出場。』

就在昴要像時代劇裡的惡質商人，大喊「麻煩大師了」讓路之前，帕克意味深遠的念話傳到腦中。但是，在昴質問話中含意之前……

「──我追著昴的氣味過來，請問這是什麼狀況？」

上空傳來有點恐怖的發言，藍髮女僕就這樣跳了下來。

在空中縱向翻轉落下的雷姆，按著裙襬伴隨像爆炸聲響的效果音著地──用手揮去沙塵，在眾人的注目下行了一禮。

「對了，昴，你沒有要跟雷姆說的話嗎？」

「首先，說的也是……這個，沒死吧？」

雷姆歪起可愛的小臉，昴指著她的腳下詢問。

視線往下移，雷姆腳下是落地時被踩到趴倒在地的阿頓。

「又是女僕嗎……」

臉貼在路面上的阿頓，留下這句話便一動也不動了。

看到這個情況的雷姆緩緩點頭。

「還有氣。」

「那就沒問題了！真不愧是雷姆，希望妳在的時候妳就來，簡直是萬能女僕！」

「哪有……雷姆不在就什麼都做不好，講那種話會讓人很害羞的。」

雷姆的暴行使小混混慌了手腳。今天的昴和雷姆也跟平常一樣，在雷姆因為昴的喝采而羞紅臉時，男子們的情緒逐漸恢復平靜。

「開、開什麼玩笑！你們以為可以活著走出這裡……」

「雷姆判斷你們是威脅昴和愛蜜莉雅大人人身安全的人。」

低聲打斷威脅話語的雷姆，切換到面無表情的工作模式。

「雷姆。」

她的驟變讓小混混們感到膽怯，同情他們的昴朝雷姆豎起一根手指。

「是。」

「不可以殺人喲？」

「昴真的很溫柔，那麼就半死不活吧。」

同時演出恐怖與可愛的奇蹟戲碼，雷姆縱身躍入混混集團。

有自暴自棄朝她衝過去的人，有想要逃跑背對她的人，也有不知所措蹲在原地的人。雷姆的制裁，平等地傾注在所有人身上。

「嗚哇啊，厲害！」

看到人類在空中輕盈飛舞的場面，昴愕然地說道。

看著眼前的騷動邁向終結，彷彿遺世獨立般保持平靜，藍紫色的瞳孔凝視自己。

「——昴。」

然而昴卻絲毫沒有察覺那宛如懇求的低喃。

9

「就是這樣，稍微給你們點顏色瞧瞧。稍微，沒錯，就是稍微啦。」

堵住通道，用下流口氣訕笑、眺望少女的，是包含阿珍和阿漢的集團。阿頓率領的是另一個集團，現在這邊的集團已經包圍少女他們了。

這些男性的目光都帶著好色和下流的神色。堵到少女後，不用說也能明白，他們正在盤算要用什麼手段報復。

「……嗯，酸酸甜甜的，確實是凜果。這樣一來，方才的丑角把果實塗成紅色的可能性也消失了。真驚人，原來凜果是紅色的。」

但是，把切開的凜果放入口中的少女，絲毫不將周圍的男人當一回事。

「啊——啊——我說公主啊，妳有看到現實嗎？」

「想說什麼就講清楚，妾身討厭拐彎抹角。」

「那我就直說囉——既然凜果有兩顆，那另一顆是我的吧？」

「哈！愚蠢透頂。聽好囉？丑角扔過來的兩顆凜果都是妾身接住的，因此這兩顆都是妾身的。」

「他給兩顆的意思就是要我們分著吃吧，用常識想也知道。」

被主僕兩人無視的小混混們，怒意到達臨界點。他們帶著清晰的敵意，各自掄起傢伙縮小包圍。

「那麼，公主，妳覺得世界會期望怎麼做？」

「妾身的選擇就是世界的選擇，讓他們理解這點，阿爾。」

「遵命。」

少女對阿爾的話滿意地點頭，然後再度啃咬凜果。

凜果酸甜的滋味讓她表情和緩，美麗的臉龐浮現出天使的微笑。

「妾身現在心情大好——所以，可以饒他們一命。」

用拔掉昆蟲翅膀的天真無邪，少女以天經地義的態度如此告知。

聽到這句話，阿爾的手探向腰後——握住橫放在那裡的大劍握柄。

緩緩拔劍出鞘，並以此聲響作為背景音樂。

「——Aye, ma'am.（遵命，女士。）」

恐怖鮮明的血色笑容，自漆黑的頭盔內側誕生。

第三章 『感情惡劣到爆的與會成員』

1

「——什麼!?我留下來!?」

在早晨的旅館，被告知今天行程的昴發出驚愕叫聲。

在吃驚的昴面前，同席的人是愛蜜莉雅和雷姆。撇除跟人有約先行離開旅館的羅茲瓦爾，現在三人剛享用完雷姆親手做的早餐。

「這是當然的，帶昴到王都的理由，一個是確認昴在王都的友人是否安好，另一個就是治療昴的身體，當初是這樣講好的。」

「不對，可是這方面擴大解釋的話，可以來個……」

「絕對不——行!我今天真的不能陪你玩，局外人不能入內，所以連雷姆我都不能帶進去。」

不同於往常，愛蜜莉雅認真無比地訴說。由於昨天發生了跟她走散的事件，使得昴難以辯駁。昴看向雷姆尋求幫助，但藍髮女僕直接把臉撇向一旁。

「這次愛蜜莉雅大人的意見是正確的，請昴聽話。」

「可惡，沒人站我這邊嗎?因為昨天的事不能回嘴，真是氣人!」

基本上偏袒昴的雷姆，也是會看事情輕重來判別優先順序的。

昨天的失態——不聽愛蜜莉雅叮嚀擅自行動的結果，就是被下達禁止外出令。

昴仰望天花板哀聲嘆氣，愛蜜莉雅手插腰無奈嘆息。

「不會花太多時間……我是很想這麼說，但其實不知道何時能回來，所以你就跟雷姆一起用餐，因為等我的話一定會等很久。」

「哼，既然愛蜜莉雅醬要講那麼壞心的話，那我也自有打算。吶，雷姆，今天我們兩人就奢侈地吃一頓！」

「不行，今天的菜單是烤凜果和凜果沙拉，還有使用大量凜果果醬的凜果派，餐後也會準備搾乾凜果的果汁。」

「怎麼全都是凜果！可惡啊，那個疤面煞星！」

帶回剩下的九顆凜果，結果就是今晚的菜單全都有凜果。

腦中浮現疤面老闆的笑容，對他比出中指後，昴自暴自棄地笑了。

「好啊，所有水果中我最喜歡凜果了！被凜果包圍簡直就像到了天國！很好，雷姆，我們兩人就大啖凜果吧！」

「不了，雷姆沒那麼愛。既然那是昴的最愛，那就全部給昴吃好了。」

「妳看起來站在我這邊，但卻毫不留情地捨棄我耶!?」

與其說是看清楚立場，更像是看清楚利用立場的方法，雷姆這樣的態度讓昴發出哀嚎。看著兩人的互動，愛蜜莉雅垂下肩膀，然後凝視雷姆。

「總而言之，就先麻煩雷姆了。我想羅茲瓦爾也有吩咐妳一些事，不過加油吧——真的，要加油喔。」

「在矯正之前一直重複叮嚀，我可是超級能被愛蜜莉雅醬信任的喔！」

昂朝再三囑咐的愛蜜莉雅豎起大拇指，對昂那個熟悉的舉動，愛蜜莉雅輕輕張開手掌罩住拇指。

突如其來的接觸讓昂倒抽一口氣。

「我對昂，沒有太多的期待。」

「嗯、嗯……？」

「拜託了，讓我信得過你。」

她懇求的話語，讓昂的思考停頓了一瞬間。

然後他立刻咀嚼愛蜜莉雅話中的內容，就這樣咬碎、吞光後點頭。

「啊、好，我會的！我會努力為回應愛蜜莉雅醬的期待而活！」

儘管還是不知道她眼中帶有不安的原因，但他像條件反射那樣全盤肯定她的話。姑且先接受，然後邊商量邊付諸行動即可。

面對昂那有些敷衍的想法，愛蜜莉雅的藍紫色瞳孔浮現憂慮。

「嗯——我相信你。」

然後，她悄悄地留下這句話。

2

愛蜜莉雅前往王城已經過了將近一小時。

留在旅館的昴在雷姆的監視下，將時間花費在聽寫學到一半的異世界文字上，只不過打從開始到現在，他完全無法進入狀況。

機械性地書寫文字，同時一個勁地思考一件事。

那就是——該怎麼做才能待在參與王選之爭的愛蜜莉雅身旁。

希望你留下來。如此叮嚀的愛蜜莉雅，她的不安射中昴的心。

昴完全沒想過要老實待在旅館等她回來。

違背與她的約定多少會有罪惡感，儘管如此……

「王都裡頭絕對有敵視愛蜜莉雅的傢伙……」

以前愛蜜莉雅造訪王都的時候，亦即昴和她初次相遇的那一天。

那個時候，愛蜜莉雅似乎是隱瞞身分來到王都，但是卻被意圖搶走徽章的敵人奪去她參與王選的資格，甚至連性命都被奪走了。

要是沒有昴，愛蜜莉雅的命運就會在那一天告終，這是再確切不過的事實。

——回想起與她命運般的邂逅，昴無法克制自己胸膛發熱。

突然被召喚到異世界，而且不能跟任何人說就這樣活到今天。

是誰為了什麼這麼做？時至今日還是無法明瞭，手上沒有任何線索。

正因為昴的立場如此，才會去思考要如何開闢什麼都沒有的現狀。

既然不給我目的，那就由我自己決定目的。

「——我要幫助愛蜜莉雅。」

昴一定是為此被召喚到這個世界，就算不是這樣，他也已經下定決心。

那就是如今推動菜月昴的動力及理由。

「為了這個……」

「——？」

在內心做好覺悟的昴，目光剛好和看向這裡的雷姆交纏。微微臉紅的雷姆，站在門前形成無法跨越的障礙。

千方百計試圖逃脫，但她卻跟到廁所讓昴束手無策。

「我看——」

「怎麼了嗎？昴。被那樣凜然的眼神凝視，雷姆很傷腦筋。」

「我看——」

「不、不行啦，就算用那種被丟棄幼犬的目光看我也不行。」

「我看──」

「雷、雷姆跟姊姊約好要確實完成任務，所以不行！」

默默注視，想以這招決勝負的昴，將雷姆逼到絕境。表情變得相當豐富的她，無法忍受緊盯的視線，含恨望著昴。

「你就那麼……擔心愛蜜莉雅大人嗎？地點在王城，除了愛蜜莉雅大人還有許多賓客，雷姆認為警備會很妥善。」

「不是警備品質的問題……而是我討厭當有什麼大事逼近愛蜜莉雅，我卻被撇在不相關的地方。」

「昴……」

雷姆的話很對，昴也知道自己能力不足。

昴擁有的力量少得可憐，唯一派得上用場的，就只有在竭盡疼痛和喪失感的時候。

但是，即使幫不上忙也沒關係。

「我只有在『某事』發生的時候派得上用場，因此如果『某事』不會發生，那就最好不要發生，這個我很清楚。」

「──」

「但是當『某事』發生的時候，我不在場就會造成無法挽回的事態，這點是肯定的。我不知道『某事』何時會來，所以我希望在重要的時刻待在愛蜜莉雅身邊。」

既然存在沒有「死亡回歸」就無可奈何、覆水難收的情況，既然存在只有菜月昴才能到達的領域，那麼那裡就是昴要戰鬥的舞台。

——那是將自己的「死亡」列入計算的扭曲思考，但昴卻沒有察覺。

「……真是的，昴就是叫人拿你沒輒呢。」

偷偷放棄的雷姆低語，昴抬起頭，心想自己的精誠是否開啟了金石。

「那個，雷姆……」

「不對，不行。即便如此，雷姆也不能讓昴通過。」

「講了這麼多，結果是這樣啊！不管怎麼想，妳剛剛那種說法……」

「不過——」

雷姆朝期望落空而不滿咂嘴的昴豎起一根手指。

「雷姆剛剛想到一個新的凜果料理，現在要去嘗試做出來。做那道料理需要高度的集中力，因此這段期間雷姆會待在廚房專心製作，就算有人離開房間也很有可能不會發現。」

「……」

「不過，不可以做出奇怪之舉喲。在雷姆回來之前請好好繼續學習，完成的話……雷姆會用最棒的凜果料理招待你。」

對保持沉默的昴投以慈母般的微笑，雷姆站起身，如她宣告的重新綁上圍裙走出房間。聽到輕盈的腳步聲從樓梯傳來，昴用力將體重靠向椅背。

「啊——雷姆好可愛，老是跟她撒嬌的我真是太沒用了。」

閉上眼睛感謝雷姆生澀的顧慮，昴從椅子上站起身。原本打算直接離開房間的昴重新拿起羽毛筆，然後從練習本上撕下一張紙。

3

「……沒能聽你說一起去，有點遺憾。」

站在無人的房間中央，回來的雷姆邊撫摸桌子邊低語。

桌上擺著一張紙，上頭用拙劣的I文字寫著「對不起，謝謝妳」。

「真是的，真的拿昴沒辦法呢。」

凝視字條的雷姆，表情跟話語相反，看起來十分幸福。

她將留下的字條當作是昴贈送的禮物，手貼著放有信件的胸膛片刻，接著睜開眼睛。

「不過——羅茲瓦爾大人到底在想什麼呢？」

歪頭回想今早主人下達的指示，雷姆道出疑問。

「不要妨礙昴，即使愛蜜莉雅大人說什麼也一樣。」

簡直就像是早一步預料到昴方才的行動才有的指示，不過卻留下了為何不是以愛蜜莉雅的意志為優先，而是以昴的意志為優先的疑問。不管怎樣……

「——請平安回來喔，昴。」

雖然不覺得他會一點策略都沒有就跑出去，不過他是個將自身安全拋在腦後，為了別人全力奔走的少年。

雷姆能做的，就只有成就他的願望，還有祈禱他不要受傷。

雷姆閉目為浮現在腦海中的昴祈禱，接著收拾學習到一半完全沒整理的桌面，然後下樓到廚房。

就這樣，菜月昴連在誰的掌上起舞都不確定，便縱身投入第二次來到的王都。

4

仰賴雷姆的溫情脫離宿舍，來到王都的昴為了和羅姆爺取得聯繫，一路奔向水果店「卡德蒙」。

「潛入城堡……這想法太不切實際了。首先，到不了王城入口就什麼都不用提了。」

如果說自己是愛蜜莉雅或羅茲瓦爾的隨從，就有可能進入王城，但是憑昴現在的手牌，連要到達負責接待的窗口都有困難。

「就算在值班室說明情況，也可以預見被對話鏡裡的愛蜜莉雅拒絕……」

只要到城堡，昴就有自信能慢慢說服愛蜜莉雅。愛蜜莉雅不習慣拒絕，應該不會把冒險前來王城的昴趕回去吧。

描繪對自己有利的未來，昴的雙腿跑進位於商業大道的市場。

要趕快和羅姆爺聯絡，商量如何侵入貴族街，而且他還有話想要傳達。

昨天愛蜜莉雅在衛兵室試圖跟王城聯絡，結果並不順利。要說為什麼的話，據說是因為萊因哈魯特最近很忙，昨天也不在王城裡。不過萊因哈魯特毫無疑問隸屬於近衛騎士團，理應會參加今天的王選集會。

愛蜜莉雅也說今天會詢問菲魯特後來怎麼了，留下這句話她才離開旅館。

也就是說，最慢到明天，應該就能得知菲魯特的下落。

為了縮著龐大身軀在擔心的羅姆爺，昴想盡早告訴他這個消息。

踩著急躁的腳步分開人群，昴看到了記憶猶新的誇張招牌。招牌上用奇特的顏色寫著「卡德蒙」，疤面老闆則是顯而易見的標記。

世界真小。這麼想著，昴跳到店鋪前面。

「喲，大叔。昨天——」

「不覺得太慢了嗎？兄弟。」

昴正要跟老闆打招呼就被打斷，親暱不拘禮數的聲音從旁傳來。

「時間緊迫，想說要是再等一下沒人來就要直接走了，你運氣真好。」

悶悶的笑聲夾雜著卡噠卡噠的金屬聲，近距離聽到這個聲音，昴不客氣地揮開搭在肩上的手臂，拉開距離讓聲音的主人進入視野。

「才想說是誰……竟然是昨天的大叔？」

「沒錯，就是昨天的大叔。你有來讓我鬆了口氣，這樣我就不用被罵了。」

不在意手被粗魯地拍開，漆黑頭盔男——今天不平衡打扮依舊健在的變種劍士阿爾單手撫胸。

出乎意料的重逢讓昴翻了個白眼，阿爾則是再度發出低沉的笑聲。

「唉呀，別那麼害怕，誰叫你要在公主面前堂堂正正地講到用這邊當碰面地點。算你氣數已盡，因為公主的腦袋可是很靈活的。」

「堂堂正正……明明是她偷聽！不對，為什麼你就這樣跑來我跟羅姆爺的會合場所？雖然可以猜到是她的命令，不過我想不到她這麼命令的理由。」

「為什麼還是為何，沒必要問那麼多啦。公主的性情反覆無常，就算問了大多是無意義的事。好啦，我們走吧。」

「走吧？」

不回答疑問，直接丟出別的問題是這對主僕的風格嗎？

面對沒有充分說明就想帶人走的阿爾，昴皺眉抗議。

「等一下，你說要走是要去哪裡？完全沒跟我說明……應該說，我為什麼非得跟你走啊！」

「什麼嘛，很囉唆耶。反正人類都是置身在世界的大洪流中，邊被沖著走邊活下去，你就忘了那些疑問被沖著走吧，這樣也樂得輕鬆喔。」

「我不是想問廢柴大人的處世原則啦，我有自己的事要做，所以沒空陪你和你的公主大人！」

果斷地說完，昴狠狠拒絕看不見頭盔內部表情的阿爾。

不知道阿爾跟那名少女是怎麼來往的，但是昴沒有義務也跟著唯唯諾諾地遵從。

「在哪天被慘痛報復之前，重新審視放縱溺愛的狀況才是對彼此好……」

「——你在找進入王城的手段吧？」

「——呃！」

才想趁勢說教，卻被阿爾的一句話給堵住。

「哦——哦——很有效喔，不愧是公主，就跟她說的一樣。」

「你……你到底知道什麼!?」

「沒有，我不知道喲？我只是被公主吩咐這樣說而已，很有效吧？」

看到阿爾愉快地搖擺肩膀，昴抿緊嘴唇屏息。

如果他說的是事實，那昴簡直就像在不在場的少女掌中起舞。

徹底被反將一軍。懷著敗北的感覺，昴舔了舔乾渴的嘴唇。

「我能……進入城堡？只要，那個，跟著你們的話？」

「這個嘛……跟我走不就知道了嗎？」

阿爾奸詐地避開核心，昴忍住想咂嘴的衝動別開視線。悠哉等待昴回答的阿爾，將判斷丟給昴自己。

但是，他那早就知道自己會怎麼回答的態度，叫人一肚子火。

「——知道了，我跟你走。」

沉默了好一會兒，昴的臉因敗北而扭曲，同時舉起白旗。

「不要一臉委屈嘛，會變成這樣是早就決定好的。你在我等待的期間抵達這家店，這些全都是按照公主的期望。」

「……你還真的相信那種事啊。」

「——啊，時間不早了，不快點的話會被扔下，因為那邊可是很嚴格的。」

沒有回應昴有氣無力的話語，阿爾用單手做出遠望的動作逕自說道。打算就這樣跟在他的背後離去，但昴突然轉過身。

「就是這樣，雖然有話要說，但都留待下次囉，大叔。」

他朝站在店內，一臉不痛快地看著兩人對話的老闆說道。

老闆用手指摩擦臉上的傷疤，鼻子輕聲噴氣。

「我沒差。穿著詭異的傢伙站在店門口，會害客人不敢上門的，快點帶他走吧。」

「客人不敢上門我覺得跟阿爾沒有因果關係……還有一件事要麻煩大叔，可以幫我聯絡一位名叫羅姆爺，身體大到沒意義的老爺爺嗎？」

一聽到羅姆爺的名號，老闆的表情就緊張地收斂。
從那態度感受到意外的連結以及確切的信任後，昴慎重地選擇用語。
「幫我轉告羅姆爺——我接下來要進王城調查菲魯特的事，跟他說菜月昴要他等喜訊。」

5

——阿爾帶著他抵達目的地，仰望停等在那裡的東西，昴整個人震懾不已。
「這個……該怎麼說呢……」
「我懂，兄弟。看了這個會想說什麼，我都知道。」
聽到昴結結巴巴，身旁的阿爾點頭表示同意。
然後兩人面面相覷，指著眼前的那個東西同時開口。
「——暴發戶。」
兩人面前的「那個」，是極盡奢侈做無謂裝飾的龍車。
客車的部分精雕細琢，還覆蓋許多裝飾來顯示豪華絢爛。金碧輝煌的光彩是施加在外部裝潢的金箔所致，車輪部分也鑲嵌了寶石。
壓軸的是拉龍車的地龍，兩頭膚色赤紅的地龍背上披著豪奢的毛皮，轡繩和鞍轡也都有精細的設計，完全是在追求時髦的精髓。

「……要搭這個？是不是跟誰的龍車搞錯了？」

「非常遺憾，雖說王國廣大，但能毫不羞恥搭乘這個的就只有公主了。」

阿爾拍了拍感到退縮的昴的背部，走向正大光明佔據通道的龍車。

雖說已經離開中央大道，但這種規模大到沒必要的龍車一直停在這，對往來的行人造成很大的影響。很多人看著龍車，有人嫌龍車擋路，但大多數的人是因為看到不得了的東西而震驚。

在這樣的視線中，昴也放棄抵抗，做好搭車的覺悟。

「他要搭那輛車耶……」背後聚集這樣的目光，昴步上客車。

「──讓妾身等了很久呢，這份無禮要價不斐喔？」

慵懶地坐在改造成單人座的座位上，笑得很惡質的少女迎接昴。

她今天的裝扮比昨天更加強調華美，領口大幅敞開的禮服，毫不吝惜地主張豐滿胸部，吸引目光的美色誘惑至極。

「……此次承蒙您的邀請，在下喜悅之至。」

「夠了，不過就是一時興起的兒戲，有趕上的話就是小小的餘興節目。」

「配合兒戲餘興節目的我，是值得嘉獎的隨從吧？我要哭囉。」

在門口語出諷刺的昴面前，坐在座位上的主從交換視線。

心情很差的昴咬緊牙根忍耐，阿爾則是出聲招呼。

「坐啊，站著不動的話龍車永遠不能出發。雖說因為有加持裡頭不會搖晃，可是坐著還是比站著舒服，而且公主很討厭被人俯視。」

「嗯，阿爾也漸漸了解了呢。就是這樣，凡夫，快點入座。要一直俯視妾身的話，身高可是會縮到現在的一半喔。」

在這種笑不出來的氣氛裡，昴連忙入座。才剛坐下龍車就動了，這從窗外的景色正在緩緩移動可以看出來。真的，非常緩慢。

「因為重視外觀所以欠缺速度，比起機能性更以美學意識為優先，很好懂吧？」

彷彿洞察昴的內心，阿爾憋笑著說。

思考模式根本是來自不同世界。昴抓了抓頭，坐在車廂深處的少女對他開口。

「所以凡夫，你是基於何種目的搭上這輛龍車？」

「啥？啊？什麼目的喔……不是妳命令大叔叫我來的嗎？」

「非也，那是契機，並非根本的理由。妾身問的不是你來這裡的理由，而是你置身此處的理由。」

少女像在玩文字遊戲的口吻，逼得昴暫時忍住想反駁的衝動，慎選詞彙回答。

雖然不爽，但很清楚現在惹她不高興對自己沒好處。如果只是被趕下龍車倒還好，最糟糕的是阿爾揮動腰後的大劍砍過來那才麻煩。

而且問的不是「來的理由」，而是「在此的理由」，這樣問一定有她的用意。

「……我必須去王城一趟，我是為此才搭上這輛龍車。」

「是嗎？那就是你在這裡的理由，反過來說，只要這個理由存在你心中，即使不搭這輛龍車也會用其他手段前往王城吧？」

「是啊，應該吧。說不定……會偷偷搭上前往王都上層的龍車呢。」

昴無法否定少女所言，對此點頭同意。

沒有「放棄」這個選項，因此昴就算亂來也會摸索出涉足王城的手段。最壞的情況，即便要潛入進入貴族街的龍車也在所不惜，但是……

「那是不可能的。普通的日子姑且不論，但今天是特別之日，盤查也會特別嚴格，要是沒能打點好值班室的衛兵和龍車裡的人，那條路線就不成立。」

這是當然，不過昴也確實沒有那種門路，也沒做好事前準備。

假若真的付諸實行，想必會因為準備不夠充分而直接以失敗告終吧。

「以這層意義來說，蒙妳邀請讓我撿回一條命囉……」

「這可難說，最後會變怎樣端看你的設想，凡夫。」

少女對吐氣的昴露出意味深遠的笑容，不尋常的氣氛開始瀰漫車內。

「那好，你是出於要前往王城的目的坐進這輛龍車，亦即你認為這輛龍車會前往王城……而且也沒有隱瞞的意思。你知道這點，很好。」

「……嗯，是啊。如果搞錯的話我立刻下車，抱歉搭錯了。」

「特急快速車不到下下下站是不會停——的喔。」

小聲訕笑的阿爾插嘴說道，話中的內容叫昴皺眉，可是在他質問之前，少女搶先開口。她斜眼看昴。

「幸運搭上前往王城龍車的你……真的了解嗎？你以為這輛龍車，是為了什麼目的前往王城？」

「——」

「隨眼前的情報起舞而忽略這點……祈禱你並非如此愚昧。假若你真是如此愚昧，那就是不值得活著的蠢貨——因此，要小心回答喲。」

在屏息的昴面前，少女雙腿交疊撐起身子。

原本側坐的她放下腳，在座位上重新坐好後，少女凝視昴。

「這輛龍車，是為了什麼前往王城？」

「這輛龍車，前往王城是因為……」

被注視自己的紅色瞳孔囚禁，昴品嚐到內臟被壓迫的滋味。極大的壓力來自少女，要是內心軟弱的話光是這樣就會屈服於她。

態度傲慢的少女，從高處俯瞰世界的言行，唯命是從的隨從，豪華絢爛的龍車。用這些拼起外框，再嵌入最重要的一片，昴完成了整張拼圖。

導出的答案只有一個。

「是為了參加王選。這輛龍車，正在接送參加王選的國王候選人。」

「哦——也就是說，你果然知道嘛。」

「……妳是露格尼卡王國，王位選拔戰的候選人之一吧。」

聽到昴的回答，少女瞇起血色瞳孔，露出叫人打冷顫的嗜虐微笑。

「——阿爾。」

「好咧好咧，知道啦。正如兄弟所想，這邊這位大人物，正是露格尼卡王國王位繼承者的候選人——普莉希拉．巴利耶爾大人。」

阿爾帶著敬意，稱呼悠閒以對的少女——普莉希拉之名。

普莉希拉對隨從的話滿意地點頭，然後看向昴。

「給了這麼多提示，再遲鈍的人都能找到答案。話雖如此，你可以先放心，至少妾身不希望這裡見血。」

「我也能暫時安心了。雖說車廂做得很大，可是在裡頭砍人的話，血腥味應該去不掉吧。」

「那就要準備新的客車了。比起無聊的擔心，不如取悅妾身吧。」

「身為市井小民的我，不管過多久都無法理解公主的金錢觀呢。」

普莉希拉和阿爾這對隨從開始拌嘴。

目擊這些的昴，在內心吐出不能表露在外的長長嘆息。

從昨天分開的時候開始，就想像到某種程度了。普莉希拉的傲慢舉止證明了她是上流階層的人，光是這樣就能知道她的家世顯赫高貴。

不過，決定性的根據是來自愛蜜莉雅的態度吧。

都用可以阻礙識別的長袍隱藏真面目了，但她卻還是害怕跟普莉希拉接觸。如果對愛蜜莉雅來說普莉希拉是她的政敵，那樣就說得通了。

不過，她會邀請昴上龍車就代表……

「昨天跟我在一起的人是誰，你們已經知道啦。」

「好像是不入流地用破布隱藏，站在路邊縮得小小的樣子真是難登大雅之堂，很適合她。」

「王八蛋，話有分能說和不能說的……」

普莉希拉這番輕蔑愛蜜莉雅的話，讓昴無法隱藏憤慨。

他站起身，逼近普莉希拉想讓她撤回剛剛的發言，但是脖子卻……

「喂──麻煩一下，兄弟，剛剛才說不想見血的耶。」

僅僅一瞬間，站起來的昴，下巴正下方正抵著阿爾拔出的青龍刀刀身。再往前一步，昴就會身首異處。

「公主的個性你大致了解了吧？會說那種話很正常啦，你就心胸寬大地接納吧。不那樣的話……就是選錯選項囉。」

「明明只有一隻手，行動倒是很靈敏嘛。」

「我一隻手的人生比兩隻手的時間還要長，人類很能適應的。」

對於看不見表情的阿爾所說的笑話，昴嘖了一聲，退後一步接受勸解。看著阿爾把傢伙收回刀鞘，昴回到原本的位置坐下。

看阿爾滿意地搖晃頭盔，昴因挫敗憤恨地皺起臉。

正面看向阿爾，昴猖狂地說出很辛辣的話題。

「我可以沒同理心地問『那隻手是在哪掉的』嗎？」

指著阿爾的左手，以某種意思來說，是明示最具特徵的部位，這是為了讓他說不出話而有的發言。

——但是，那番發言卻喚起出乎昴意料的展開。

「可以啊，因為你很在意吧。這是所謂的受到異世界洗禮，對兄弟來說，可不能事不關己呢。」

「——啊？」

打算報復而丟出的話題，卻成了意想不到的事實起因。

面對愕然的昴，阿爾歪著頭用左肩玩弄頭盔的接縫。

「怎麼了，喂？該不會沒注意到吧。我對兄弟來說，可是能夠共同分擔苦惱的唯一同伴喲。」

「——啥！」

吐出驚訝的氣息，昴的眼睛瞪大到極限。

阿爾的話讓昴停止思考，腦內產生空白說不出話來。

昴舉起手咀嚼阿爾的發言，品嚐到頭腦在搖晃的錯覺。

「等等……等一下，你說能共同分擔苦惱……你，不對，是真的嗎？」

「不相信也沒辦法啦，我昨天也以為聽錯了。萍水相逢乃前世之緣啦，還有紅線姻緣……已經有十八年沒聽到這些了吧。」

「十八……!?」

聽到荒唐的年歲，昴忍不住語塞。昴被召喚過來，按照現實時間來算大概過了一個月，但是如果阿爾方才說的話是真的……

「沒錯，我被召喚來是十八年前的事了，失去手也是在同個時期……是跟現在兄弟一樣年紀的時候。」

阿爾坦蕩蕩地告白自己跟昴有相同的境遇。

不過，昴卻無法輕易為找到同伴感到歡喜。

阿爾那壯烈的十八年，從昴身上奪走了高興的力氣。

「原因……之類的……知道嗎……？」

「你是問少一隻手的原因？還是召喚的？如果是手的話，那是在我還搞不清楚狀況的時候，就是很普通的犯蠢所致。召喚的話……到現在還不知道。」

「──」

「我沒有積極尋找被召喚到這個世界的理由……光是要活下來就用盡全力了。」

十八年的歲月，是阿爾在異世界熬過的時間。他不像昴，來到這裡沒多久就遇到愛蜜莉雅這樣的良緣。

不管是失去手，還是拚命倖存到忘了時間，這些全都不能置身事外。

菜月昴雖然走過十分殘酷的道路，但卻很幸運。

「兩個男人別露出鬱悶的表情，妾身龍車的品味會受損的。」

車廂內籠罩著沉悶的氣氛，普莉希拉以倨傲的態度將之一掃而空。

「安靜聽你們說，結果都是過去的事和無聊話題。假如同為吹噓故鄉在大瀑布另一端的丑角，就說些更能娛樂妾身的話。」

「大瀑布的另一端……？」

「你不知道嗎？大陸地圖的盡頭，世界的四個角落都沒有大地，而是將一切沖刷殆盡的奔流——也就是大瀑布。跟你和阿爾一樣，偶爾會有吹噓是從那裡過來的無聊之輩，大抵都是牢騷之類的……但是阿爾不同。」

「為什麼這麼想？有什麼決定性的理由……」

「——直覺。」

背叛期待，但那卻是普莉希拉忠於自身內心的回答。

「聽懂了？這個世界只會發生有利於妾身的事，所以妾身的直覺沒有理由，因為不需要理由，所以那就是答案。阿爾是與狂言妄語的愚蠢之徒毛色不同的丑角，而你……看來似乎也是。」

「話匣子一開就停不下來呢……那跟身為政敵相關人士的我一同搭乘龍車，對妳來說也是有利的囉？」

言詞的一貫性姑且不論，行動並沒有伴隨一致性。就昴來說，這是針對那點而發的言論，但是普莉希拉卻用捕食獵物的肉食野獸目光發笑。

「舉個例，你覺得這樣如何？拿你這個政敵相關人士當人質，脅迫對手退出王選。又或者直接交出你的頭顱，威脅對方下一個就是妳。這兩者，都是現在能簡單辦到的事。」

「——」

看見昴瞪大眼睛，普莉希拉愉悅地品嚐他的驚愕。

在她說出口之前，昴根本沒想到這個可能性。

昴在無意識中對自己的評價是無足輕重的存在，深信自己沒有作為威脅愛蜜莉雅人質的價值。

「看你的表情，好像在你的預料之外呢，這下子越來越像個無可救藥的丑角了。」

自己成了愛蜜莉雅的弱點。忘卻這個可能性的昴，讓普莉希拉像是看到飼養的寵物做出搞笑舉動而拍手叫好。

「只要看你的眼睛，就能知道你是以什麼樣的欲望偏袒那女的。被瘋狂的感情遮蔽眼睛而疏忽腳下……除了愚蠢至極沒有別的形容詞。」

啞口無言的昴，在普莉希拉面前只能低下頭。想成為助力、想成為她的力量，一心只想衝到愛蜜莉雅跟前，但這可不是喜劇。

「公主，他是我的同鄉，不要太欺負他啦。」

「妾身又沒責備他什麼，是這個凡夫發現自己疏漏的愚蠢，擅自對自己失望，又擅自演出默劇罷了——無聊。」

普莉希拉對阿爾的話聳了聳肩，視線流露出無趣的神色。

「不需有卑劣的猜疑，妾身如果要利用你，早在昨天就會讓你的四肢散落在巷弄內。沒那麼做還讓你搭乘龍車，就該明瞭妾身的心思了吧？」

「……我不是因為會不會被當成人質而嫌惡自己，沒有考慮到那點實在很丟人，不過妳為什麼會讓我上龍車？」

不得不認為自己所有的行動全都會影響到愛蜜莉雅。

普莉希拉方才的忠告，讓昴意識到這點。

雖然生氣，但站在被指點的立場也是事實。面對投以詢問視線的昴，普莉希拉再度橫躺在座位上撐著臉。

「說過了吧，娛樂、餘興之類的。比起拿你當人質或是威脅籌碼，帶到王選會場會更加『有趣』，那就是妾身的決定。」

「竟然……是有趣……」

她那出人意表的想法，令昴說不出話來。看到昴的模樣，普莉希拉打了個呵欠。

「這世界的一切全都會為妾身著想，因此任何事情的結果必定會有利於妾身，不管選哪個都一樣。既然如此，路線對妾身來說就只分成能否助興而已，用是否有趣來選擇沒什麼不妥。」

「——」

在說不出話的昴面前，普莉希拉閉上眼睛拒絕再對話。從她的姿勢和態度來看，似乎打算睡到目的地。

明明再過不到一小時就要站在王選的大舞台上，她還真是大膽啊。

昴把視線移向阿爾，他也舉起單手像是對主人的奔放束手無策，然後不出聲地深深沉入座位。昴想著是不是該仿效他們，猶豫身體該放哪裡才好的時候——

「若要說除了娛樂以外的理由……」

「咦——？」

「凜果。」

丟出兩個字給目瞪口呆的昴後，普莉希拉這次真的沉默了。

不容許發問、質疑的態度，讓昴拚命運轉混亂的腦袋，最後終於導出一個答案，那就是……

「我的命，是被水果店的大叔救了嗎……」

不知道是什麼因果關係，水果店老闆跟在王都發生的事件，牽涉機率高到異常。

昴用這樣的無聊感想，將撿回一命和自我嫌惡區隔開來。

6

——龍車抵達王城，從正門進入城內。

從正前方朝城堡上層邁出腳步，事到如今昴才自覺到自己做出了無法無天的事。

「喂，現在的我不要緊嗎？老實說，跟這裡不搭的感覺強到很可怕。」

「要說跟這裡不搭，就立場上來說，跟沒拿邀請函便跑去派對參一腳一樣，不被歡迎是毫無疑問的。」

昴低頭檢視自己的打扮，同時也盯著走在身旁的阿爾。他的態度還是一派逍遙自在，絲毫不在意自己的穿著比昴跟這裡還不相襯。

著裝禮儀的概念，於他待在異世界的十八年裡似乎已經消失殆盡。

補充說明，走在前頭的少女——普莉希拉，踩著威風凜凜的腳步走在通往王城中樞的通道上。展示繪畫和美術品的通道，左右兩邊站著全副武裝的衛兵，舉著劍的他們，視線全都傾注在普莉希拉一人身上。

明明集注目於一身的人不是自己，昴還是為這壓迫感而呼吸困難。

在這段期間抵達通道的終點，眼前是大到要仰望的雙開門板。

「有士兵排排站的通道，盡頭是一扇大門……」

從關上的門扉，溢出壓倒觀者的莊嚴氣氛，光是站在前方就有肅然起敬的感覺。不舒適的感覺，現在到了最高潮。

「久候多時，普莉希拉大人。」

站在大門前方的士兵往前踏出一步，朝站在前頭的普莉希拉舉劍行禮。全副武裝的身軀卸下頭盔，以理智的目光凝視普莉希拉和另外兩人。

男人的年齡大約四十上下，相貌比起精悍更適合說是嚴肅。宛如岩雕的臉帶著嚴峻的氣息，讓人感受到他是身經百戰的士兵。

普莉希拉傲慢地點頭回應男子的敬禮，轉動脖子看向昴他們。

「他們是妾身的隨從，一個是妾身的騎士，另一個是……凜果負責人。」

「等等……」

昴本想立刻塞住普莉希拉的嘴巴，卻又想起那是不被允許的場面而緊急停止。另一方面，騎士的表情文風不動。

「——凜果負責人嗎？」

「沒錯，凜果負責人。為妾身獻上香甜酸脆的凜果，視此為至高無上使命的可悲丑角。是個無害的人物，用不著理他。」

沒有反駁強硬的普莉希拉，看著兩人的騎士，藍色的瞳孔微微閃耀光芒。

「沒有感知到危險的魔力反應，騎士殿下帶進來的就只有那把劍嗎？」

「……啊，騎士是在說我嗎？對、對～Yes Yes！如果看到做出可疑舉動、眼神凶惡的黑髮人物，我就用這傢伙把他一分為二。」

「如果有什麼萬一，屆時還請保護好您的主人普莉希拉大人，其他的事請交給我們近衛騎士。」

俏皮話被小題大作地回應，阿爾只好以「Oui！Oui！」的含糊回答帶過。男子點頭示意，視線一看向門扉——大門便緩緩開啟。

「大家已在裡頭等候，還請盡快入內。」

「讓凡夫俗子等候也是妾身的優越之處，反之則是絕對不可饒恕。」

高高在上地口出任性之語，普莉希拉被目送著踏進門內。看著渾身上下沒有可看之處的阿爾跟在後頭，昴也下定決心走進去。

——在視野中拓展開來的，是鋪了紅色地毯的廣大空間。

牆壁裝飾得華麗璀璨，奢華的吊燈自高聳的天花板垂下。

與寬廣的室內相反，裡頭的物品很少，最醒目的地方是房間深處——有點高的地方備有椅子，左右各五張，中間最裡頭還有一張。

若是坐在最裡頭的椅子上，背後就會是以龍為圖樣的牆壁，看起來就像是背著那條龍、被龍守護。

這裡恐怕是王城的寶座大廳，既然如此，那張椅子一定是露格尼卡的王座。

被率先吸引目光的寶座奪去注意力後，昂惶恐地環視周遭。

室內跟外頭不同，連一個持劍的衛兵都沒有，取而代之的是身穿以白色為基調的制服，腰部配戴騎士劍的精兵——近衛騎士團的騎士們。

更裡頭是穿著禮服、看似文官的人們，以及從穿著打扮來看地位應該很高的人物，全都是有資格置身在寶座大廳的傑出之人。

然後房間中央——距離騎士和貴族有點遠的位置，有極少數的人並排站立，其中——

「——昂？」

看到穿過大門進來的三人，銀髮少女驚訝地呼喚昂的名字。

困惑不已的藍紫色瞳孔瞪得大大的，像是不相信昂竟然會在這裡。感受到愛蜜莉雅的驚愕，昂的心跳快到心臟疼痛。

確認愛蜜莉雅身在此處的歡喜，以及背叛她的叮嚀跑來這裡的罪惡感，讓昂排除各種思緒來到這裡的原動力，在愛蜜莉雅顫抖的眼神面前來不及化為語言就先消失了。

「那個，愛蜜莉雅……我……」

「——」

這應該是自己追求的場面，可是卻想不出該說什麼。愛蜜莉雅也是，泅游視線抿著嘴唇，想找話跟昂說。

「一直盯著妾身的雜役看有什麼事嗎？呆瓜。」

「——嗚呼！」

但是打破沉默的不是昴也不是愛蜜莉雅，而是來自身後的聲音與衝擊。

抵在背部的觸感柔軟得嚇人，繞到前方的手以妖豔的動作貼上昴的胸膛和脖子，將他拉近自己。站在後方踮起腳尖的普莉希拉，把下巴放在昴的肩上，以臉頰相貼的形式望著愛蜜莉雅。

「什麼啊……放、放開我！愛蜜莉雅醬會誤會的！」

「誤會什麼，妾身跟你是以羈絆相連的緊密關係吧？我允許你靠近點。」

「給妳羈絆的凜果，不是讓妳用在這麼奸詐的地方啦！」

揮開語帶揶揄的普莉希拉，昴和她拉開距離。

昴拒絕的姿態，讓腳跟著地的普莉希拉不悅地瞇起眼睛。

「唉——呀呀，普莉希拉大人，寒舍的佣人意外造成您的困擾，沒想到在城內迷路居然會受到您的保護……真是萬分失禮。」

不過在險惡的情況展開前，耳熟能詳、愛拉長音調說話的溫柔男聲介入。

這才注意到，昴身旁是一位有著藍色長髮的人物——笑得詭異的羅茲瓦爾站在那裡，穿著與宮廷魔導師這頭銜不相干的大理石花紋禮服。

「排名第一的騙子來出差了嗎？不過，這我可沒聽說呢。那邊的凡夫是妾身撿到的……是說，有什麼證據能證明他是你的佣人？」

普莉希拉辛辣地追問，不過羅茲瓦爾對這追問聳肩以對。

「這個——嘛，很幸運的，我——從以前就習慣在自己的所有物上留下一目了然的——印記。他的制服反面，應該繡有寒舍的家紋喲——」

「——」

表情消失，普莉希拉看向昴要他確認。被視線催促的昴翻起上衣衣襬，裡頭確實有似鷹之鳥的刺繡。

讓普莉希拉也能看到那個刺繡，她輕輕哼了一聲。

「要小花招。哼，算了，多虧那邊丑角和呆瓜的表情，過程才不至於無聊難耐。還有隨從的請求——」

「公主，說好不講那件事……」

「小事就別在意了，個頭會長不高喔。」

「到底有多期待即將四十歲的大叔的成長性啊……」

用眼神打斷阿爾的話語，普莉希拉連瞄都不瞄昴一眼便直接往前走。她走向房間中央，前往包含愛蜜莉雅在內的少數人聚集的場所。

面對靠近的普莉希拉，愛蜜莉雅渾身僵硬，然而經過她身旁的普莉希拉完全不當她是一回事。被無視的愛蜜莉雅垂下肩膀，重新面對昴。

「話——說回來，在路上被普莉希拉大人發現……你還是一樣厄運強大呢。要是發現你的不是那位大人，會變——怎樣呢？」

「那是什麼話，看她那樣還說得出她是以慈悲為懷、寬宏大量出名的笑話喲。」

「沒──有啦，如果不是普莉希拉大人，運氣好的話是進牢房，運氣差的話會當場被殺……這是無可避免的啊。就這層意義來看，對象是普莉希拉大人的話端看她的心情，是生是死機率大概各半。」

「我明白自己剛剛走過了很不得了的鋼索……你不生氣嗎？」

羅茲瓦爾理所當然似地進行對話，昴則是提心吊膽地詢問。

「事到如今說那什麼話，我一直認為──你可能會來，事實上，你也確實抵達這裡了。制服裡頭的家紋，在路上不是派上用場──了嗎？」

「路上？不是，雖然直到剛剛都是九死一生，但途中並沒有亮出這玩意……」

聽到難以理解的話，昴歪頭思索，羅茲瓦爾則是一臉震驚。

「這樣還能直接進城？你是怎麼──進到城堡的？」

「在城堡外頭被任性公主撿到囉。嗯，這事說來話長……」

情報出現落差，對話沒有交集，不過在互相確認之前，昴發現愛蜜莉雅帶著下定決心的表情走了過來。

「為什麼……？」

「──」

拚命擠出的一句話，傳達出愛蜜莉雅心中正被複雜的感情漩渦翻攪。

太多的疑問攪和在一起形成「為什麼」三個字，昴倒抽一口氣。

「你是怎麼……不對，為什麼……為什麼昴在這裡？」

「要講的話會講很久耶……雖然也有歸根究柢用一句話就能解決的問題……」

「不要打哈哈，我跟你說過了，我說過了吧？你不記得了嗎？」

重複確認的話，令昴閉上嘴巴視線游移。

愛蜜莉雅說的，當然是在旅館講好的約定。儘管被要求乖乖待在旅館，但自己立刻打破這約定跑來這邊。

毀棄約定叫人內疚，但是相對的，擔心愛蜜莉雅的人身安全而來到這裡，這份心情也不是騙人的。

仰賴並抓緊眾多偶然和關懷，為了愛蜜莉雅來到這裡。

只有這件事和這份心情，希望她相信。

「——在場的各位已集合完畢，接下來，賢人會即將入場。」

在昴公開自己的內心之前，嘹亮的聲音響徹寶座大廳。

大門再度開啟，以等在門前、身穿甲冑的騎士為首，幾名年老的長者魚貫入內。老人全都穿著與身分和會場相襯的服裝，甚至從他們步行的動作與風采，就能感受到威嚴和深厚的經驗。

其中最引人注目的，是鬍鬚長到幾乎要拖地的白髮人物。

雖然沒有駝背，但個子還是比昴矮一個頭。臉上有著深刻的皺紋，在團體裡特別讓人意識到年齡，但其眼光卻又隱含讓人聯想到「刀刃」的銳利。

「那一位是賢人會的代表——也就是在現今沒有國王的露格尼卡裡，擁有最大發言權的人，麥克羅托夫大人是——也。」

羅茲瓦爾小聲地為默默看著賢人會的昴補充說明。

「我記得賢人會，就是代替國王管理國家的團體吧。」

「名義上是輔佐啦。現在國家的實際運作也仰賴賢人會……話雖如此，從王室尚存的時候開始，就沒什麼太大——的改變。」

說完不敬至極的話後，羅茲瓦爾聳了聳肩。主要是因為從欠缺推動國家能力的先王時期開始，國家的實權就一直是由賢人會掌握吧。

「是說兄弟，我們站的地方不是這邊，是那邊喔。」

一直沒說話的阿爾，用下巴指示排列整齊的近衛騎士那邊。騎士和武官站左邊，文官和貴族站右邊，隊伍很自然地如此分別。

「看狀況是啦，但我站這邊也沒關係吧？」

「正確的做法，是要把你就——這樣送到城外才——對……不過很有意思，你就跟著那個人去吧。」

「等一下，羅茲瓦爾！」

羅茲瓦爾的態度讓愛蜜莉雅揚起眼角，逼近他想申訴些什麼，但是……

「非常遺憾，現在沒時間遵從愛蜜莉雅大人的正確言論，一旦據實以告，昴就得跟這裡說再見……分開很久很久的意——思。」

「所以說，要是讓昴在這種場合列席，那他……」

「意見交戰到此為止。愛蜜莉雅大人，議會開始了，請到中央。」

表情緊繃的羅茲瓦爾，視線前方是包圍寶座的座位，那些空位被入場的賢人會老人坐滿，只剩中央那張只有國王能坐的寶座空著。

然後，整齊排在賢人會老人面前的，是生來就綻放光彩、為他人所知的存在。

以橘色頭髮的少女為首，綻放「異彩」的三名少女氣派地排成一列。

站在中央的普莉希拉手插著腰，高傲的挺胸搖擺純紅禮服的裙襬。即使站在推動國家的賢人們面前，她的表情也沒有任何動搖。

站在普莉希拉右邊的是衣著像軍服的女性，成色很深的髮色接近黑色，但仔細看就會知道那是散發光潤色澤的綠色。長髮尾端用白色蝴蝶結束起，美麗與威嚴並存的臉龐筆直地凝視前方。

身高以女性來說算高，跟昴差不多，但是大腿長度卻大不相同。腰間垂掛一把劍，劍上刻有顯露獠牙的獅子家紋，是個符合男裝麗人這個形容詞的美女。

而站在普莉希拉左邊的人，和方才那位具有認真氣質的女性相去甚遠，是個給人活潑開朗印象的淺紫色頭髮少女。

長至背後的頭髮是波浪捲，柔軟的印象讓人聯想到棉花糖。與另外兩人相比個頭嬌小，穿著使用大量毛皮裝飾的白色禮服，特別引人注意的是掛在肩上的白狐圍巾，以及吊在腰部下方，像在惡搞似的巨大雙珠扣式錢包。

每位都是綻放不同「光彩」的美女，置身於此，明顯是異於常人的存在。

「──之後絕對要好好說清楚。」

遺憾地咬唇，愛蜜莉雅在叮嚀昴後，小跑步回到少女們的行列。

舞動銀髮的愛蜜莉雅跟她們站在一起，在裝扮上差人一步，可是內在的可愛程度卻拔得頭籌，這是昴的偏心見解。

「也就是說，在那邊的全是王選參加者──未來的國王候補人選嗎？」

包含愛蜜莉雅在內參加者全是女性，這點真叫人意外。於此同時，周圍的人陸陸續續開始移動，昴也追上朝近衛騎士團隊伍走的阿爾，結果……

「──果然，你來了呢，昴。」

站在騎士們最前方的紅髮美男子，用爽朗的微笑迎接昴。

即使睽違一個月也難以忘懷的好青年，萊因哈魯特。他有著燃燒般的紅髮，以及宛如鎖住天空的藍眼睛，跟以前不同的，就只有服裝換成近衛騎士的制服。

「聽說愛蜜莉雅大人會出席，我第一個就想到你應該會來呢。」

「你對胡搞瞎搞的我說出高評價是怎樣？我之前在你面前就只有高聲求救和被悽慘地切破肚子而已，根本沒有能讓你留下好印象的事啊。」

「你保護愛蜜莉雅大人免受凶刃傷害，除此之外還持續做出最好的選擇。過度謙虛也是一種美德，我是這麼認為的。」

萊因哈魯特回答昴的話裡完全沒有討人厭的味道，還不拘小節地聳了聳肩。他的每個舉動看起來都高尚至極，叫人連嫉妒心都冒不出來。

就這樣，昴站在萊因哈魯特隔壁，另一邊則是阿爾。然後昴注意到三人站在騎士們的最前排，是個相當出風頭的位置，但當他這麼想的時候……

「呀呵～昴啾。」

輕輕揮手的貓耳少女，嬉皮笑臉地和昴打招呼。

少女是使者，也是自己造訪王都的契機。她穿著下半身是裙子的女用近衛騎士制服，知道她也是近衛騎士後昴有點驚訝。

然後站在貓耳少女隔壁，默默用眼神行注目禮的青年——是由里烏斯。

「昴，怎麼突然愁眉苦臉的？」

「在我的故鄉，看到叫作『情敵』的蟲時，習慣會擺出這種臉。」

昴將自己忍不住露出的嫌惡蒙混過去，結果萊因哈魯特對此微微苦笑。

「希望你不要認為他有惡意，由里烏斯。昴會像這樣貶低自己，來估量初次見面的對象。」

「剛剛那表情沒那麼深的含義啦，可以不要幫我附加那麼狡猾的設定嗎？」

萊因哈魯特對昴的一舉一動都給予高度評價，感到不自在的昴忍不住吐槽，但聽到剛剛的話，由里烏斯撫摸梳理整齊的頭髮說道：

「我不在意，萊因哈魯特，讓人看到符合地位的舉止和器量也是騎士的任務。我是隸屬近衛騎士團的由里烏斯．尤克歷烏斯，還請銘記於心，那邊的騎士殿下也是。」

裝模作樣報上名號的由里烏斯，把話題拋向站在昴身旁的阿爾。

「啊──我不是那麼拘泥形式的人，所以別叫我什麼騎士殿下。我是那個啦，一介窮浪人，跟有堅強信念的你們不一樣。」

阿爾意興闌珊地回應，這態度讓昴反射性地挑起眉。本來以為阿爾對任何人都能很快貼過去，所以他對由里烏斯的態度叫人意外。

但是很遺憾的，沒有時間去追究這點。

站在台上的盔甲騎士──恐怕是代表在場騎士的男人，用清澈響亮的聲音宣告議會開始。

「──賢人會的諸位，以及國王候補人選都已到齊，斗膽僭越由身為近衛騎士團團長的我，馬可仕負責議事進行。」

「嗯……有勞你了。」

在座位上交疊雙手，麥克羅托夫微收下顎點頭回應。騎士團長馬可仕向他行禮，接著用嚴肅的表情面對全員。

「此次勞煩諸位前來王城，並聚集賢人會的各位大人於此，皆是為了選出下一任國王──也就是要向王選相關人士傳達重大通知。」

馬可仕的聲音不是很大，但卻一視同仁地傳達給寶座大廳的每個人。生來就是率領他人的音色，與騎士團長的頭銜十分相襯。

「事情的起因約在半年前——以先王為首，王室血脈接連薨逝，一國無君的事態是王國最大困境，特別是對親龍王國露格尼卡而言，還與『盟約』的問題密切相關。」

盟約——亦即王國與龍締結的契約。

這單字在童話故事以及在羅茲瓦爾家的對話中出現過許多次，只不過相關內情有許多不清楚的地方，就跟王選的內容一樣。

能夠參與這次的議會流程，對昴來說是謝天謝地。

「王國與龍的關係可遠溯至數百年前，當時的國王法賽魯・露格尼卡大人與神龍波爾肯尼卡締結了盟約，之後王國數次遭遇危機皆蒙神龍所救，並在其幫助下得以繁榮。」

「神龍波爾肯尼卡是守信重義的龍，即使年代更迭時光荏苒，依舊在遙遠的大瀑布彼方關照我國。」

馬可仕嚴肅的話語告一段落，麥克羅托夫觸碰自己的鬍鬚點頭認同。

「嗯，正因如此，維持盟約與王國的存續息息相關，但王室的血脈卻受病魔侵襲，誠屬可恨，因此必須盡快決定下一任的龍之巫女。」

「在更新盟約的親龍儀式中——與龍交流想法、選拔具備資質的巫女。原本由王室代代相傳的重責大任，將尋求新的繼任者。」

以極力扼殺感情的聲音說完，馬可仕站上台，在賢人會面前將手貼放胸膛。

「為此，我等王國騎士團接下賢人會列位之令，負責尋找被龍珠光輝欽選之巫女。」

伸手探入懷中的馬可仕，手掌上放著一個嵌有寶石的小徽章，那是昂看過好幾次，代表王選參加者資格的物品。

走下台的馬可仕朝排成一列的候選人行禮，接著將徽章舉至前方。

「請各位，出示龍珠——」

少女們回應呼喚，將自己的徽章舉至前方。

瞬間，光彩將寶座大廳染得五彩繽紛。光輝的來源是徽章的寶玉，以愛蜜莉雅手中的紅色為首，每一枚徽章各自綻放不同顏色的光芒。

騎士們紛紛感嘆，連賢人會成員皺紋頗深的臉龐，也都透露出些許安心。

「如諸位所見，每位候選人都具備龍之巫女的資格。確認之後，我等將遵從龍歷石……」

「……夠了沒？」

嚴肅進行的議事，被溫和的聲音中斷。

在屏息的馬可仕面前歪著頭的，是讓龍珠發出藍色光芒的少女。

發話者是身穿白色禮服的紫髮少女。

「偶明白團長先生想俐落地把話說完，但倫家也是很忙滴。在卡拉拉基，有一句話叫『時間與金錢一樣寶貴』喲？」

少女口氣沉穩、表情溫和，但卻直接表明要求。她收起龍珠，露出華美的微笑。

「與其重複再熟悉不過的話，偶比較想聽召集偶們的核心理由。」

少女以獨特語調總結要求，馬可仕因此有點不知所措，但比馬可仕更受衝擊的人是昴。

「喂喂……講這種口音，騙人的吧。」

「哦，兄弟你是第一次聽到嗎？在西邊的國家卡拉拉基，講那種口音才叫正常喔。其實我也沒看過啦，不過還真是稀奇的講法呢。」

聽到昴的喃喃自語，身旁的阿爾也小聲附和。對於同鄉的他來說，那種腔調也很親切吧，雖然說法有點不同。

不過，西方之國卡拉拉基——那邊的風土民情是怎樣？開始有興趣了。

「有道理。」

在驚訝傳開的寶座大廳，又響起其他女性的凜然嗓音。

雙手環胸、點頭附和紫髮少女的人，是綠髮女性。

「庫珥修大人，卡爾斯騰家的當家說這種話有點……」

「重禮法是很重要，但時間有限也是事實吧？應該要盡快觸及聚集我們的理由，雖然理由我大概猜想得到。」

馬可仕的回話讓名為庫珥修的少女閉上一隻眼睛，被她另一隻眼睛凝視的賢人會——麥克羅托夫欽佩地吐氣。

「不愧是卡爾斯騰公爵家當家，已經明白此次召集的意義了嗎？」

「嗯，麥克羅托夫卿——是要舉辦宴會吧？雖然我們總有一天要互相競爭，但現在還不熟悉彼此，只要圍桌共飲，自然而然就能得知人品……」

「不，並非如此。」

庫珥修以莊嚴的感覺認定這是為宴會所做的準備，麥克羅托夫連忙打岔。

這反應讓她皺起眉頭，緩緩看向昴他們的所在之處。

「菲莉絲，這跟我聽到的不一樣。」

「討——厭啦，真是的。菲莉醬只不過是看到有很多美食美酒被送進城堡，所以才說『搞不好會開宴會喔』，就只是這樣呀。」

「這樣啊，是我搞錯了嗎？不好意思，竟然心生懷疑。」

該說心胸寬大還是心胸狹窄呢？實在是很不可思議的主從對話。

重新面向前方，順著剛剛的對話，庫珥修輕聲吐氣。

「就是這樣，請取消我方才的發言，因為很丟臉。」

「討厭，庫珥修大人太有男子氣概了……！」

手捧著臉扭動身軀的少女——是叫菲莉絲嗎？她似乎不在意自己向主人傳達了錯誤情報，而且看她現在的態度感覺很故意。

「欸——欸欸，就算庫珥修小姐撤回前言，倫家的意見也沒變喲。事到如今，就算不說王選表面的情況大家也都心知肚明，沒錯吧？」

有奇怪腔調的少女拍手，向其他王選參加者徵求同意。庫珥修點頭同意，普莉希拉則是嗤之以鼻擺明無視，只有愛蜜莉雅微微舉起手。

「我、我認為應該把話聽完……」

「不好意思，倫家沒問妳的意見。」

可是少女對愛蜜莉雅的態度極其冷酷。

被惡意對待，愛蜜莉雅的側臉顯露出痛楚，無法忍耐的昴忍不住大吼。

「混帳，妳那什麼態度——」

「嗚哈哈，好——了，我就是不知道王選要幹啥所以才想聽個明白呀！」

發出怒吼的昴被身旁的阿爾伸手阻擋。

言行如同丑角集注目於一身的阿爾，揮動手掌看起來更顯滑稽。

「別那樣看我啦，好害羞。我知道自己不適合這個場子，但別太把我當局外人、礙事者看待，我會大哭大叫大吵喔，雖然已經是一把歲數的大人了。」

「普莉希拉大人，您說他是您的騎士……但您沒跟他說明王選之事嗎？」

「就算妾身沒說，喜好長舌的你們也會擅自說出來吧？妾身不過是省去無謂之事。冗言跟夢話沒兩樣，夢話這種東西，別睡著的時候也說。」

在只有馬可仕的冷靜應對中，普莉希拉用傲慢的口氣煽風點火。

看到聚集的全是個人主義色彩濃厚的人，愛蜜莉雅的個性看起來反而非比尋常。但她不被當成一回事，從剛剛的應對就很清楚了。

「——你欠我一個人情。不，這是第二個吧？」

阿爾豎起兩根手指朝昴歪頭，昴在內心感謝他。

要是就這樣激昴地大聲叫罵，下場光想就覺得恐怖。阿爾代替昴，集場內的責難於一身。

「妾身順凡俗之意可是天意，開心地在掌中起舞吧。繼續吧，馬可仕，告訴妾身的騎士，妾身是如何成王。」

「全部丟給他人還能講成那樣，真是了不起，倫家無話可說。」

普莉希拉的態度讓少女垂下肩膀撒手不管。看到結論出現，馬可仕也確認愛蜜莉雅和庫珥修兩人的意思。

「那麼，雖然有點離題，不過回到原本的話題吧。具備龍之巫女資格的各位會像這樣聚集在此，是根據龍歷石上的新刻預言。刻在石版上的預言顯示：『露格尼卡盟約中斷之時，新的龍領導者將引導國家。』」

「嗯，石版上揭示的正是天意。自締結盟約之時就開始累積悠久歷史的龍歷石，會在事態危急到左右王國命運之際刻上文字。想到其內容會推動往後的歷史，遵從即是我等的任務吧。」

麥克羅托夫的話，令其他賢人會的老人也跟著嚴肅頷首。

「由神龍波爾肯尼卡授予的龍歷石，過去也不斷為王國指路。古有『堀德格拉大飢荒』及

『邪龍巴爾格倫的惡夢』，近年則是在黑蛇蹂躪國土之前先行通報，都是將損害控制在最小程度的例子。」

「嗯，實際成果很充分，而且是在場所有人都知道的事。」

列舉的例子都是足以在王國史上留名的大事件吧，但對無知的昴來說根本不痛不癢，甚至還想得很豁達，覺得把未來的方針也交由預言板決定就好啦。

「突然想到，如果只是與龍的盟約構成問題，那龍之巫女沒必要一定得當國王吧？國王和巫女分開存在不行嗎？」

小聲詢問站在隔壁的萊因哈魯特，他嘴角上揚露出苦笑。

「說的很正確，我也想過，但是行不通。」

「為什麼？可以問Why嗎？」

「答案是，讓王國繁榮的盟約是龍與國王締結的，龍並不是只以對方懂自己的想法來選結盟對象，正因該名人物是肩負王國的國王，才會與之締結盟約。也就是說，龍也是會選來往對象的。」

「那樣的話，現在才急就章的讓巫女兼任國王，不會觸怒龍嗎？又不是一休和尚靈機一動，想說既然沒有國王那就用巫女代替吧，這樣龍根本不會接受吧？」

「那方面的意見聽說爭執頗大，不過最終還是決定以刻下王國命運的龍歷石記述為優先。先由賢人會的成員決定，再任命我們騎士團，這麼做就是不想讓事情變糟。」

各種不安要素已經先由偉大的人物集思廣益，龍會怎麼判斷只有龍曉得，跟拉姆以前說的「只有龍知道」是相同的道理。

在疑問大致解決時，馬可仕的聲音響徹喧囂寂靜的會場。

「預言還有後續，『新的國家引導者有五人，從中選出一名巫女，與龍締結盟約。』」

聽到這段石刻預言，昴感到在意而皺起眉頭。

「五人……？」

「沒錯，五人。就現狀來看，候補人選只有四人——因此王選始終沒有開始，這是沒能找出第五人的我們的疏失。」

「人口有五千萬耶？能在半年內從中找到四人已經很快了。」

要在通訊手段尚未普及全國的世界找人，條件可說是太過嚴苛。在短時間內找出四名候補人選，光是這樣就該給予好評。

「以上，現狀說明完畢。安娜塔西亞大人，請原諒在下的冗言無禮。」

結束說明的馬可仕，朝不想聽說明的少女謝罪。

「行了行了，倫家不幹壞人。公主才是，這樣滿意了嗎？」

「這個嘛，阿爾，你那顆蠢腦袋理解了嗎？」

「有——了解了，特地說明真是謝了，也謝謝那邊的卡拉拉基小姐。」

普莉希拉對揮動單手的阿爾回答「那就好」，少女——安娜塔西亞為這對活寶主從的對話伸手舒緩眉心，然後仰望賢人會。

「總而言之，如果有其他想說的就快說吧。倫家沒空，之後還有很多事要做，掌握國家財庫的老爺爺們應該懂唄？」

安娜塔西亞的自大發言掀起一陣波瀾，昴為此身體緊繃，但是安娜塔西亞似乎能看穿場面，賢人會完全沒有怪罪她的意思。

「對繁忙的安娜塔西亞大人實在很抱歉，但是希望您能再稍微配合一下這個會議，畢竟……今天將會成為列入王國史冊的一天。」

麥克羅托夫的聲音突然變得低沉。

聽到這邊，失去原先緊張感的大廳，氣氛突然變得嚴肅，任誰都忍不住挺直背脊。

在那之中，引燃火焰的是天不怕地不怕、自信滿滿的少女普莉希拉。

「推動歷史，老骨頭是這麼說的吧？也就是那麼回事，對吧？」

普莉希拉平靜地發問，台上的麥克羅托夫輕輕點了個頭，接著濃眉底下的目光朝馬可仕使了個眼色下達指令，接收指令的馬可仕行了一禮。

「——騎士萊因哈魯特・范・阿斯特雷亞，出列！」

「是！」

馬可仕的聲音突然震響大廳。

昴嚇到肩膀震了一下，身旁的萊因哈魯特應答，似乎久候傳喚多時。他氣派地往前走，朝四名候補人選行禮，接著站到馬可仕面前。

「騎士萊因哈魯特，向在場的各位報告。」

「是！」

馬可仕退後一步，讓出台前中央的位置。步出隊列的萊因哈魯特沐浴在觀眾的視線之下，以不帶一絲自負的表情面向賢人會。

「榮譽滿載的賢人會諸位，隸屬近衛騎士團的萊因哈魯特・范・阿斯特雷亞，報告任務完成。」

「嗯，那就讓全員聽聽結果吧。」

在麥克羅托夫的指示下，回過頭的萊因哈魯特環顧大廳所有人。

「龍之巫女，王位候補人選——最後第五人已經找到。」

喧嚷在並排的騎士之間傳開，候選人的表情也因各自的強烈情感有所轉變，分別是鬥志、歡喜、無趣、困惑的表情。

停滯不動的王選終於開始運作，新的候補人選對愛蜜莉雅來說是敵人，到底會出現怎樣的人物呢？

「請帶進來。」

萊因哈魯特簡短傳喚，接收到訊息，站在門前的衛兵敬禮後，大門緩緩開啟。

——一名由侍女陪同的人物自門後走向寶座大廳。

目擊那名人物，昴忍不住張開嘴巴愕然失聲。

淺黃色的禮服裙襬輕盈搖晃，穿著高跟鞋的雙腳踩踏地毯，頭髮梳理整齊、閃耀金色的光輝，加上意志堅強的紅色瞳孔，來者是帶有淘氣虎牙特徵的少女。

那身影讓人懷疑自己看錯了，只能目瞪口呆。

「自行請求成王之人——其名為菲魯特大人。」

因震驚而定住不動的昴，鼓膜被那聲音震響，聽起來好像在不斷重複。

——決定露格尼卡王國未來的王選之爭，正式開始。

第四章　『國王候補人選及其騎士們』

1

身穿彷彿破爛布片的骯髒衣服，少女有著一頭黯淡金髮以及暴戾眼神。
與其說是頑強，要小聰明這個詞彙更符合這名出身貧民窟的倔強女孩。
那就是昴對菲魯特這名少女的全部印象。
在萊因哈魯特的宣告中，菲魯特和侍女一同沉穩地走進寶座大廳。
走在紅色地毯上，禮服裙襬隨她端莊前進輕輕晃動的樣貌，跟個貴族千金沒兩樣。
磨一磨說不定會發光。以前的昴曾經這麼評價她，但是被萊因哈魯特的家世之力研磨後，名為菲魯特的原石不僅是磨過就發光的程度。
——綻放壓倒性的光芒，足以如此評價。
昴震驚無比的視線盡頭，是緩緩站到萊因哈魯特面前的菲魯特。
她的身影讓萊因哈魯特露出微笑點頭。
「菲魯特大人，勞您來這一趟，感激不盡。」
萊因哈魯特恭敬行禮，菲魯特對此視線上抬，開口呼喚。
「——萊因哈魯特。」

「是。」

萊因哈魯特回應爽朗的呼喚，騎士與千金大小姐互相凝視，然後……

「——王八蛋，什麼說明都沒有就把我帶來這裡，是打算怎樣!?」

拎起裙襬，修長的腿劃出弧形。

踢腿朝萊因哈魯特的下巴直擊——在碰到之前，先被騎士舉起的手接住。

「嚇到我了，請問您在做什麼？」

「不要輕鬆接住還講這種風涼話啦！這裡、衣服、這些傢伙、還有你！全部加起來是怎樣，我已經忍到極限了！」

用單腳抓回平衡感，菲魯特粗魯地拍打禮服顯露怒意。

為她特地準備的高價禮服被如此粗暴地對待，隨侍在側的侍女看到當場暈眩腿軟。

「您不喜歡這件禮服嗎？很適合您喲。」

「誰在跟你講衣服，是不會不好意思嗎？我在說討厭這樣啦！不是只針對衣服，還有你！騎士大人搞綁架監禁，都不會覺得丟人現眼嗎！」

「這是為了王國的繁榮。」

萊因哈魯特毫不猶豫地下結論，菲魯特像是覺得頭痛用手撐著額頭。

「還以為整個人都變了，幸好只有外表。太好了——果然人類骨子裡的性格是不會變的，不是只有我這樣！」

原本就預定要跟羅姆爺說，要是人變得太多就會是殘酷的報告了。

在意想不到的地方確認菲魯特平安無事，叫人鬆了一口氣。但是另一方面，菲魯特被拱成國王候補人選的偶然性，讓人不得不感受到命運這玩意。

原本菲魯特就是偷了愛蜜莉雅的徽章才會遇到萊因哈魯特的。

「那女孩……是那時候的……!?所以萊因哈魯特才會那麼震驚……」

發現是菲魯特的愛蜜莉雅，似乎也跟昴抵達同樣的結論。從爭奪徽章的關係，演變成這次爭奪王位的交情。

以其他候選人為首，與會的騎士和貴族也都展露出驚訝的反應，只不過，全都對菲魯特的粗魯行徑沒有好感。

感受到看向自己的嚴厲視線，菲魯特態度惡劣地咂嘴給大家看。

儘管互動的時間短得可以，但她應該不是乖僻到這種地步的少女。可以隱約察覺到她在這一個月一定遭逢許多事，儘管以內容密度來說昴也不輸給她，但一介漂泊浪兒成為國王候補的灰姑娘故事也相當不得了。

「哦！為什麼你會在這種地方，小哥！」

像在品評大廳般來回掃視的菲魯特，注意到站在騎士團最前排的昴後，表情明朗起來。

她推開萊因哈魯特，踩著有如千斤重的高跟鞋走來。

方才的千金小姐舉止去哪了？昴狐疑著舉起手，迎接看到熟人十分喜悅的她。

「喲——好久不見，過得很好嘛！」

道出爽朗招呼的瞬間，一記前踢直擊腹部，昴整個人跪倒在地。

突如其來的暴行讓昴發出呻吟，抬著一隻腳的菲魯特雙手抱胸點頭。

「從踢到的感覺來看，腹部的傷似乎沒事了，不過其他地方的傷倒是增加不少，沒事吧？」

「既然擔心就該體貼我呀，妳這傢伙……為什麼用全力一擊代替打招呼啦，要是快好了又被妳踢破怎麼辦……其實最近剛好就在痊癒期。」

目前是補得好好的，但昴的肚子上留有一條清晰的白色傷痕，不僅如此，身上處處都有魔獸利牙咬傷的痕跡。

已經不是說背上負傷是劍士之恥的情況。

「菲魯特大人，和舊友重溫情誼是很不錯，但請到這裡來。」

是感覺氣氛和緩了吧，馬可仕淡然地推動議事進行，以手示意台上的位置。

他嚴肅的表情令菲魯特皺眉，勉強回到前面。

「欸，要叫我做什麼？」

「很想說是淑女的舉止，但請先拿著這個。」

菲魯特對萊因哈魯特的笑話露出嫌惡的表情。萊因哈魯特從懷中取出龍之徽章，將之放到她的手掌上，掌中的寶玉立刻發出白色光芒。

「我偷到的時候就覺得了，這顆石頭真奇怪，為什麼會發光啊。」

「偷到的？」

「那是因為菲魯特大人被龍認定有資格。」

菲魯特不小心講出麻煩話，馬可仕似乎對她不留神的發言有所警覺，但萊因哈魯特立刻答腔帶過。

「正是如此，龍珠確實認可菲魯特大人為巫女。既然龍已認同她參與，此次的王選可以認定是真正開始。」

馬可仕手貼胸膛彎腰鞠躬，萊因哈魯特一仿效，所有近衛騎士全都跟著照做。

報告任務完成的騎士們，竭盡心力找到現場的五位龍之巫女──亦即，聚集起未來的露格尼卡女王候補人選。

「原來如此，確實可以稱作推動歷史的一天。」

確實是不容錯過的大場面，在場的人應該都覺得很感慨，不過環視周遭後，昴察覺到一件事。

──對面的文官集團發出蘊含困惑與不知所措的不安喧鬧。

「失禮了，可以說句話嗎？」

一名男性從文官集團走出，是個駝背的中年男性，眼睛下方象徵不健康的黑眼圈很引人注目，他神經質地撫摸著下巴的鬍鬚。

「在此次推選國王的儀式中，以近衛騎士團為首，王國騎士團的盡心盡力叫人無話可說，若沒有諸君，便無法在這麼短的時間內整頓好狀況吧。」

「太過獎了。」

「但是，我很不想說這種話，雖說是沿著龍歷石揭示的狀況走，但人選方面是否有些問題呢？」

「您的意思是？」

「大家太過關注龍之巫女的資格，但卻忘了戴上王冠的資格才是關鍵，這方面可說是過於被輕忽了！」

駝背男倨傲地斷言，音量幾近破口大罵，文官集團也傳出「對啊對啊」的贊同聲浪。

「與龍的盟約比什麼都重要，這關係到親龍王國露格尼卡的存續，失去了盟約國家就無法成形，但是過度重視盟約而輕視百姓，根本是本末倒置！」

「您的意思是，我等騎士團過於花費心力尋找龍之巫女，反而錯認了適合發誓效忠的人物嗎？」

「說、說法多少有點出入，但就是會變成那樣。」

被馬可仕直截了當的說法嚇到了吧，男性改用迂迴的說法但已太遲。長期面對接近不可能的課題，拚命奔波調查做出結果的騎士團，其成果卻被人雞蛋裡挑骨頭，心情絕不可能好到哪去。

排在騎士團隊伍中的昴，感覺到周遭的怒氣節節高升。

「是火藥味嗎？變成險惡的氣氛了耶……」

「唉呀，誰叫他刁難騎士團，沒辦法啦。我是不在意，兩位覺得如何？」

聽到昴的自言自語，阿爾發出悶笑聲，然後把話題扔向同排的兩人。莫名被扯上邊的由里烏斯和菲莉絲，各自把頭轉過來回答。

「菲莉醬覺得——沒差喔喵？畢竟呀，不管那個鬍子講什麼，菲莉醬的忠誠都只會奉獻給一個人。」

「不能說跟菲莉絲意見一樣，不過心情相同。我已經獻上我的劍，其他人也寄託了自己的忠誠，所以器量可沒小到會去怪罪別人內心動搖。」

「哈！真棒啊。唉呀，就跟我對公主一樣。」

阿爾像要對抗似地這麼說，兩人則是在嘴角露出微笑。

總覺得自己被撇除在外，昴認為一點都不有趣。

菲莉絲有庫珥修，阿爾有普莉希拉，然後順著走向看來，由里烏斯是支援安娜塔西亞吧。

三人身為騎士，都將全部的信賴寄託給主人，與那樣的他們相比，自己的立場就像是輸人一大截，這樣的自卑感侵襲著昴。

想實現愛蜜莉雅的願望，這份心情應該是不輸給任何人才對。

被莫名的焦躁感驅使，昴的眼角餘光看到大廳的針鋒相對開始擴大。以方才的意見為開端，文官集團紛紛道出不滿。

「既是巫女又是國王，或許該說成為國王的自覺不夠。」

「就算粉飾外觀，其本質一樣會表露在態度上。」

「品格不夠、教育不足，這樣也能被擁戴為王嗎？」

「有什麼——不好的，會成為個性豐富又歡樂的——王選之爭，試著這麼想不就好了。」

「羅茲瓦爾卿請不要插嘴！」

耳熟的聲音安撫、打破文官集團的抱怨，昴看向愛蜜莉雅她們，文官集團集中火力砲轟的是方才態度惡劣到吸睛的菲魯特吧，但不能說火星沒有波及其他的候選人。

事實上，愛蜜莉雅就像在忍受痛楚，側臉呈現出沉痛的表情。

好想立刻跑過去支撐那瘦弱的肩膀，昴打從心底這麼想。

「——肅靜。」

麥克羅托夫的一句話，讓大廳整個鴉雀無聲。鎮壓全場的麥克羅托夫，瞇起眼睛眺望菲魯特，在沉默一會兒後，老人吐出一口氣。

「嗯，確實有些不敬之舉，李凱爾特殿下的意見我懂。因此，先來簡單了解每位候補人選的過往經歷，各位意下如何？」

「……有道理，是否適任就從那裡開始著手。」

禿頭且長得可怕的老人同意麥克羅托夫的提議，看到賢人會的成員點頭認同，帶頭的男性文官——叫做李凱爾特的人也退後一步。

「騎士萊因哈魯特，能否聽你介紹找到她的經過？」

看到被指名的萊因哈魯特單膝下跪行最敬禮，儘管不是當事人，昴的額頭還是滲出冷汗。

如實告知的話，菲魯特當然會被曾犯下的竊盜罪波及。

「菲魯特大人在大約一個月前，於王都下層區──通稱『貧民窟』的某處由在下發現並護衛。當時，由於某些因素有了觸碰龍珠的機會，藉此得知她具備巫女的資格後，便將她帶到寒舍。」

昴的擔心是多餘的，萊因哈魯特含糊地報告了有問題的部分。

雖然說明漏洞百出，但在場人士關心的不是漏洞，而是其他部分。

「貧民窟的孤兒……你是認真的嗎？騎士萊因哈魯特！在選拔肩負未來露格尼卡的國王儀式裡，你居然帶來了孤兒!?你把王座看成什麼了！」

「──」

在台上敬禮的萊因哈魯特就這樣被罵，從他滿不在乎的側面看不出任何負面情緒，李凱爾特於是將矛頭轉向麥克羅托夫。

「麥克羅托夫大人，果然還是該重新考慮。只是被龍珠欽選就擁有得到寶座的資格……應該是與王冠相符之人方可獲得，怎麼能隨意就……」

「李凱爾特殿下，您是否──有點過於激動了呢？」

在李凱爾特鼓足三寸不爛之舌說服麥克羅托夫改變心意的時候，耳熟的聲音倒了一盆冷水。

李凱爾特朝羅茲瓦爾投以蘊含明確敵意的視線。

「笑話，羅茲瓦爾卿。您的態度叫人無法理解，不只是我，宮中大多數的人都是如此認為。一直以來因為是非常時期所以才視而不見，但事已至此情況就不同了。意欲推舉孤兒的阿斯特雷亞家，還有您擁戴半魔為王的愚蠢之舉也……」

「——李凱爾特殿下，請您訂正方才的發言。」

冷若冰霜的聲音平靜地在大廳迴響，李凱爾特因亢奮而紅了的臉頓時變得蒼白。

「稱呼半妖精為半魔是陋習，更何況愛蜜莉雅大人仍舊是國王候補——不明事理的是哪一邊，您懂嗎？」

羅茲瓦爾的聲音和平常一樣，但被氣魄壓倒的李凱爾特別開視線，搖頭像要隱瞞被駁倒的事實，大動作朝台上的人表達意見。

「就、就算如此，我也不認為自己的主張有錯。擁有龍之巫女的資格，和適合成王的人物並不能劃上等號。麥克羅托夫大人，請務必重新考慮！縱使胡亂選出國王候補，王國的未來也未必能繁榮……」

「——騎士萊因哈魯特。」

賢人沒有回應祈願自己改變心意的李凱爾特，而是呼喚紅髮騎士。

「您該不會認為她是吧？」

「無法確信，因為已經失去了確認的手段——但是，符合這樣的條件卻說只是偶然，在下有些抗拒。」

「既然如此，那要叫什麼？」

「——命運。」

聽到萊因哈魯特的回答，麥克羅托夫深受感動閉上眼睛。

兩人的互動不只是昴，就連其他人也看不明白，互相明瞭的就只有對談的兩人。看到周遭人們的態度，麥克羅托夫手撐著額頭像在感嘆，接著環顧四周。

「沒人注意到嗎？見到菲魯特大人還是沒發現嗎？如果連這樣都不行，那各位應該去質疑自身對王國的忠誠。」

麥克羅托夫那番像是測試的言論令全員屏息，視線集中在菲魯特身上。

置身在毫不客氣的視線中心，菲魯特露骨地表現出嫌惡的表情。

「看了就會發現的事……還很年幼，比起就任王位什麼的，該學習的事物還太多了……呃！」

列舉菲魯特應該矯正之處的李凱爾特，像是突然注意到什麼似的表情為之一僵，雙眼驚愕地瞪大。

「金、金色頭髮和紅色雙瞳——!?」

聽到李凱爾特的話，察覺箇中含意的文官也同樣受到衝擊。震撼傳播開來，聽了也毫無感覺的，就只有欠缺這個世界常識的昴。

瞥了旁邊一眼，菲莉絲和由里烏斯也一臉理解的表情，阿爾還是一樣叫人不知道在想什麼，可是也沒有特別驚訝的樣子。

「金色頭髮與紅色雙瞳——那是露格尼卡王室血脈的顯性容貌特徵，但這也太奇怪了吧！王室早在半年前就接連薨逝，根本沒有可趁之機……」

「——您知道十四年前宮中發生的事件嗎？李凱爾特殿下。」

萊因哈魯特平靜地打斷強烈否定外貌根據的李凱爾特。

而他說出的內容，讓李凱爾特的表情更加僵硬。

「騎士萊因哈魯特……你想說的該不會是……」

「十四年前，有賊人入侵城內，先王的王弟——佛魯德大人的千金被綁架，賊人就這樣成功脫逃，千金的下落也就此不明。」

那是絕不能讓外部知曉的王國醜事。

「因為龍歷石沒有記載，所以當時的王宮讓賊人輕易入侵，即使展開搜索，又因為和別的問題發生的時期重疊，導致無法全力以赴。」

「嗯，這是造成前近衛騎士團解散並再生的契機，雖說跟您的親族並非毫無關係。」

「知道原本無法得知的情報，所以才能據此察覺。」

萊因哈魯特簡短回應，麥克羅托夫只是點頭以對，但卻不見李凱爾特的混亂收斂。

「這推斷太極端，不對，是謬論！十四年前下落不明的王女墮落至王都貧民窟生活，還在偶然的情況下被你找到？而且那麼剛好，她還夠資格擔任龍之巫女？」

羅列出接連造成衝擊的情報，李凱爾特笑了。

「愚蠢透頂！這也太剛好了。說是恰巧找到具備巫女資格少女的你，把她的頭髮染色，再用魔法改變瞳色還比較合理──這麼不知恥的作為，你應該不會去做吧？」

「賭上我的劍。」

萊因哈魯特將腰上的配劍放到地上，展示奉劍的最敬禮。

騎士中的騎士獻上的最敬禮，讓李凱爾特垂下肩膀。

「……王室血脈已絕，無從確認她是否為一族，僅憑臆測，無法讓所有人俯首認可。」

「這是當然，但在下確信菲魯特大人是適合繼承王位之人，縱使沒有血緣關係也一樣。」

「雖被譽為當代劍聖，但卻是相當瘋狂的人呢。」

聽到萊因哈魯特不改想法的回答，李凱爾特放棄似地嘆了口氣，接著重新凝視造成話題的菲魯特。

「巫女的資格姑且不論，貧民窟出身……而且還有可能是已經失落的王族血脈，妳接下來要面臨的苦難可說是超乎想像，妳做好覺悟了嗎？」

像在測試的話語是個儀式，李凱爾特要用她本人的答案和自己的不滿訣別。得到菲魯特的回答，這次的對談才終於要迎向結束。

「啥？講什麼屁話，歐吉桑，我可沒說過要當國王喔。」

但是，完全無視直到剛才的對話走向，菲魯特清楚地拒絕。

大廳所有人都因為聽到跟想像中不一樣的答案而動搖。

「我是被人強行從貧民窟帶來這裡的喲，就算吵著要回去這傢伙也不讓我回去，還把我原本的衣服藏起來讓我穿上這種輕飄飄的服裝。我已經受夠了，現在是滿肚子火，誰理你們啊——！」

菲魯特破口大罵的聲音，讓尷尬的沉默再度支配大廳，連解讀氣氛有障礙的昴，都知道現在的狀況稱不上好。

「——要絮絮叨叨到幾時，沒有比這更無趣的話題了。」

一直保持沉默的候選人當中，眼露無聊、環抱胸口的普莉希拉吐出這句話。聚集眾人目光的她，搖晃手臂上環抱的豐滿胸部。

「不過是因為形式，開幕時才要聚集五個人，等到開始，不適任的人自然會被拔除，反正留到最後的會是妾身，其他多餘的人有沒有王者資格，一點關係都沒有。」

「啊啊……？」

普莉希拉那番不講理的謬論，讓腦子發熱的菲魯特產生反應。她輕盈地跳下台，跟普莉希拉面對面互瞪。

「一開始還以為是天真老實的女人，結果連腦袋裡頭都種花嗎？要吵架的話就來呀，我的快腳可是很出名的。」

「無禮，妳以為妾身是誰？」

「哈，誰甩妳啊……！」

菲魯特對普莉希拉的發言嗤之以鼻，緊接著，普莉希拉的眼睛無情地瞇起。

「公主，那傢伙──」

空氣產生決定性的變化，昴停止呼吸，身旁的阿爾出聲大叫。普莉希拉具體來說打算做什麼，他應該知道吧。

而且，以阿爾的叫喊為起因，陣風吹過大廳。

「──失禮了，普莉希拉大人。」

冷靜的聲音，是一瞬間移動至普莉希拉眼前的萊因哈魯特發出的。

原本跪在台上的騎士，轉眼間就介入兩名少女之間。

面對面的紅髮騎士和橘髮少女──背後，愛蜜莉雅像要保護菲魯特似地將她抱進懷中。

「在這麼重要的場合表露那樣的敵意……妳在想什麼!?」

藍紫色的瞳孔盈滿怒意，愛蜜莉雅大聲指責普莉希拉，但是普莉希拉似乎對被斥責一事不痛不癢，只是厭煩地揮揮手。

「只是教育沒有教養的母狗何謂立場罷了，不過對妾身的無禮之罪，只能用性命償還。」

「就不能說對不起嗎？妳真的沒有做錯事的自覺嗎？」

愛蜜莉雅像平常一樣苦口婆心地勸說毫不在乎的普莉希拉，聽到她的話，普莉希拉瞬間愣住，然後用忍俊不住的表情看向愛蜜莉雅。

「哦，這個有趣，剛剛難得讓我享受到樂趣，誇妳一聲也無妨。」

「真是叫人不愉快的孩子，說那什麼……」

「妳的意思是做錯事就要道歉吧？既然如此，妳的情況就是『出生在這世上真對不起』囉。還不謝罪嗎？銀髮半妖精。」

衝擊貫穿愛蜜莉雅全身，這點就連昴都知道。

肩膀大幅搖晃，表情失去精悍，悲切淡淡盈滿瞳孔。

「我、我……跟魔女沒關係。」

「那樣的藉口對別人有什麼意義？或者該說有意義嗎？妳是這世界禁忌存在的化身，人心只消看見妳的模樣就會恐懼顫抖，不就是因為這樣，才需要仰賴破布掩飾妳的外表嗎？」

普莉希拉反覆述說辛辣詞句，臉色蒼白的愛蜜莉雅默默低下頭。

普莉希拉話中的含意昴也理解，儘管能理解卻不能接受。那跟愛蜜莉雅無關，她是被莫須有的理由給惡意中傷。

無法再忍耐了，但昴這樣的意志再度被人超越。

「公主，能否到此為止？樹敵太多真的會很傷腦筋的。」

在看不見表情的頭盔裡，阿爾朝普莉希拉的暴君姿態投擲抱怨。

「特別是和劍聖對立，那可是特大的災難源頭，妳就老實道歉吧？」

「既然是妾身的隨從，就不准說喪氣話。劍聖又怎樣，充其量只是地表最強之人，不會想法子嗎？」

「連一分鐘都撐不過啦。」

冷靜看穿彼此戰力差距，阿爾早早舉白旗認輸。普莉希拉對那樣的態度顯露傻眼表情，之後總算是安分下來撤去戰意。

阿爾那像馴獸師的操縱法，讓包含昴在內的大廳所有人都難掩驚訝和困惑。

但是，至少避開了現場一觸即發的事態。

就這樣，尋求重新劃分場內氣氛的契機，被沉默籠罩的大廳突然響起高亢的聲音。

「──諸位，心裡舒坦多了吧。」

彈起的硬幣墜落至陶器中，麥克羅托夫吸引了所有人的注意。

「菲魯特大人和愛蜜莉雅大人，兩位冷靜下來了嗎？」

「咦，嗯……我沒事，這孩子也……」

「夠了沒，叫妳放開我啦，我又沒怎樣！」

被叫到的愛蜜莉雅連忙點頭，放開抱住的菲魯特。

「別人明明沒事不要雞婆啦，別把我當柔弱的小鬼頭看！」

「……這樣啊，對不起多管閒事了。」

「──我不會道謝喔。」

菲魯特一臉彆扭，看到她那態度，萊因哈魯特向愛蜜莉雅行注目禮後就回到騎士的隊伍中，愛蜜莉雅和菲魯特也尷尬地站到候選人行列，只有肇始者普莉希拉還是一臉無聊的表情，絲毫不見反省神色。

無論如何，眼見爭執落幕，麥克羅托夫重新宣告。

「那麼回到原本的議題——王位繼承戰。關於王選，在此提議每位候選人參與召開賢人會。」

2

麥克羅托夫充滿威嚴的宣告，讓大廳再度充滿緊張感。

候選人全都自然而然地端正姿勢，觀眾的表情也失去了從容之色。

為了徵求方才的開會宣告是否被接受，麥克羅托夫環視除了自己以外的賢人會成員，老人們依序點頭表達贊同。

「感謝同志們的贊同，那麼就進入議題吧，議題當然是『誰能成王』……問題在於選出國王的方法。龍歷石上雖有記載要聚集候選人，但卻沒有指定選拔方式，為了決定這方面的問題，首先來詢問每位候選者的覺悟吧。」

麥克羅托夫這番話得到其他賢人會成員首肯，確認沒有異議的麥克羅托夫，朝在角落等候的馬可仕使眼色，接收到訊息的騎士再度往前。

「再次斗膽僭越，由我進行這場議事。諸位候選人都有各自的主張和立場，還請先讓身處大廳的眾人明瞭。」

代大廳內的所有人表達心情後，馬可仕深深一鞠躬。

「那麼，首先有請庫珥修大人，騎士是菲利克斯‧阿蓋爾！」

「嗯。」

「好的——」

庫珥修對馬可仕的要求悠哉點頭，菲莉絲則是輕輕揚手。

目標是往前走的庫珥修身旁，小跑步的菲莉絲在中途仰望馬可仕。

「團長，都說了請叫我菲莉絲，不要叫菲利克斯啦——菲莉醬受傷了～」

「我不會偏袒任何一名部下，當然也包括你，到前面去。」

用手指戳臉頰裝可愛的菲莉絲被無情拒絕，馬可仕揚起下巴催促對方快一點。

菲莉絲狀似不滿地伸出舌頭，然後開心地跑到主人庫珥修身旁並肩而立。

「王位候選人，卡爾斯騰公爵家當家，庫珥修‧卡爾斯騰。」

「我是庫珥修大人的騎士，阿蓋爾家的菲莉絲——」

「賢人會的諸位，這位是騎士菲利克斯‧阿蓋爾。」

毫不畏懼、威風凜凜報上姓名的庫珥修，還有態度一直很輕佻的菲莉絲。馬可仕一訂正她的名字，就看到菲莉絲的臉垮了下來。

「嘿，那女孩的本名是菲利克斯啊，名字還蠻帥氣的，不過有點像男生就是了。」

日本古代的武家世族，長子的名字會代代繼承下去，即使性別不同也會繼續沿用，因此在以歷史作為題材的美少女戀愛遊戲，性別倒轉的武將根本是再常見不過，女體化武將多到氾濫也成了一種約定俗成的形式美。

「昴，你沒聽說嗎？」

「什麼？」

「不是聽起來像男生的名字，菲莉絲本來就是男性。」

「——」

萊因哈魯特的一句話，讓昴的思考硬生生停止。

他就這樣雙手環抱歪起脖子，閉上眼睛認真玩味話中的含意……

「你、剛剛、說了什麼？」

「不是聽起來像男生的名字，菲莉絲本來就是男性。」

一字一句毫無疏漏，萊因哈魯特把重要的事重複第兩遍。

「哈、嗚、啊——!?」

意識追上理解的時候，昴的尖叫響徹大廳。

叫聲吸引了大廳內的視線，但被驚愕吞噬的昴根本沒注意到。

「那是男的!?騎士中的騎士果然也不擅長講笑話吧？不好笑喲！」

破口大喊，從上到下把菲莉絲仔細看一遍。

確實，以女性來說身高偏高，但是臉部的輪廓和纖細的身體線條怎麼看都是女性。雖然不否認欠缺女性該有的起伏，但世上也有不少即使成年胸部依舊平坦的女性，所以不能拿來當成反面證據。

「哦，初次見面。我的騎士菲莉絲是男的，這我可以斷言。」

可是一直保持沉默的庫珥修，卻肯定了昴驚愕的源頭是事實。

「用、用講的誰都會……證據呢？沒錯，沒證據的話我不會相信！」

「小時候我跟菲莉絲感情好到一塊洗澡，他的胯下確實有男性性器官……」

「對不起！我並不想從美女口中聽到男性性器官這幾個字！是我不好！」

庫珥修講得正大光明，反而是昴聽了投降，接著瞪向站在庫珥修身旁的菲莉絲。

「你很該死，可惡啊！裝著那玩意是有誰會受惠啦！明明有貓耳卻是男的，這是便宜了誰啦！現在輕咬耳朵的記憶轉換成不祥之物啦！」

「就——算你這麼說喵，擅自誤會的人可是昴啾喲，菲利醬可從來沒說過自己是女生喵——」

「開什麼玩笑，妳這個人妖——更正，你這個混帳！」

菲莉絲吐舌眨眼回應。

「只要知道菲莉絲的性別，毫無意外每個人都會驚訝不已，只有這個是不管品嚐幾次都停不下來的樂趣——不過剛剛那麼大的反應十分罕見。」

「嗯，既然知道還持續不改，這樣不對吧，庫珥修大人。」

庫珥修滿意地微笑，麥克羅托夫以言外之意規勸。

但是，庫珥修對此收斂表情搖了搖頭。

「麥克羅托夫卿似乎有所誤解，菲莉絲的裝扮並非是我要求，那全是依他本人的自由意志而為。」

「我認為，讓隨從做出與身分相襯的打扮是主人的職責。」

對庫珥修所言有異議的李凱爾特插嘴，庫珥修對此瞇起眼睛。

「方才您說讓隨從做出與身分相襯的打扮是主人的職責吧？既然如此，我還是希望菲莉絲保持現在的裝扮，知道為什麼嗎？」

「為什麼呢？」

「很簡單——因為這樣，才是最能閃耀他靈魂光輝的姿態。比起身穿騎士盔甲，菲莉絲更適合現在的打扮，就跟我比起穿禮服，更喜歡現在這身打扮一樣。」

說完，庫珥修抬頭挺胸像是以自己為傲。並排站在身旁的菲莉絲，她——不對，他也微笑地服從主人的英姿。

庫珥修習以為常的樣子，令李凱爾特失去反駁的力氣一語不發。

連昂也被她那悠然的樣貌震動內心。

「不愧是庫珥修大人……在候選人當中第一個表明信念，又是最有力的候補，要說的話，就是給人的安心感與其他人不同。」

有人用稍大的音量這麼說。

聽到這番話，昂向身旁的萊因哈魯特詢問話語的意思。

「由庫珥修大人擔任當家的卡爾斯騰家，是長久以來支撐露格尼卡王國歷史的公爵家，不但具備對國家的忠誠與可靠的家世，還年紀輕輕便以家主的身分掌理公爵家，庫珥修大人自身的才氣無與倫比，完全就是國王的不二人選。」

「這樣啊……原來如此，你判斷她是種子選手啊。」

幾乎沒有爵位相關知識的昂，也知道公爵的地位是從上頭數來比較快的國家要職。雖說現狀是王族滅亡，但會期待下一任國王是原本離王室最接近的存在也是人之常情。

細碎的喧嚷在大廳擴散，四周的與會者們也再次互相確認庫珥修的優勢。王選的種子選手，這個認知似乎可以看作眾所周知的事實。

「在場的諸位大多都誤會了。」

然而，打斷喧嚷的不是其他人，正是庫珥修本身。

她在恢復靜默的場內，泰然自若地點頭。

「諸位對有機會就任王位的我抱持什麼期望我是知道的。卡爾斯騰家是與王室關係深遠的朝臣泰斗，一直以來都對國政有影響力，要是我繼位為王，國政與國運就能風平浪靜地延續下去——沒錯吧？」

庫珥修流暢地說完，大廳內專心聽講的幾個人點頭認同。

「雖然對不起對我有所期待的各位，但我要告訴大家，我無法辦到。」

庫珥修的發言讓寶座大廳瞬間寂靜——數秒之後，氣氛劇烈震盪。

「這是怎麼回事？」與會者紛紛出聲，庫珥修面不改色地仰望台上。深綠色的頭髮搖晃，凜然的眼神洞穿描繪在寶座大廳牆上的龍形圖。

「親龍王國露格尼卡——受到過去與龍締結的盟約守護，構築出繁榮的國家，不論是戰亂、瘟疫甚至飢荒，所有的危機都能在龍之庇佑下得以迴避，在漫長的王國歷史中，『龍』這個字眼從未消失過。」

「與龍締結的盟約」——那是在會議開頭馬可仕說的內容。

由於與龍締結盟約，被保護的露格尼卡王國得以持續繁榮昌盛，這就是其歷史梗概。環視緊咬這層意義的眾人，庫珥修雙手抱胸。

「藉由龍之盟約而成立的繁榮美好至極，在戰亂中僅用吐息就燒盡敵國，有瘟疫的話就讓瑪那活性化治癒人們，發生飢荒滲了龍血的大地就會賜以豐收的恩惠。所有苦難都能蒙受尊貴的龍神解救，王國鐵定會富足強盛——」

儘管訴說的內容充滿光輝，但發言的庫珥修卻鬱鬱寡歡。她在默默無語的眾人面前閉上眼睛，小聲地說道：

「試問——不覺得可恥嗎？」

靜如止水的大廳，充滿前所未有的緊張感。

但是，在開始蓄積各種激情的大廳內，最感到憤怒的不是他人，正是站在寶座前面的庫珥修。

「不管多麼艱險辛苦，只要有盟約就能得救。利用這點並自甘墮落，要是遇上危及存續的危險就拜託龍出主意，對此我不厭其煩地想做些什麼。」

「——您說過頭了，庫珥修大人！」

庫珥修激烈的言論，讓其中一名賢人會成員站起來表露怒意。

「不許輕視盟約！正因為過去與龍締結盟約，王國才能在不過度犧牲的情況下度過危險……歷史的積累豈容您推翻！」

「對於過去的繁榮，我方才的感想是美好至極。本人沒受過這樣的恩惠，這種話就算撕裂嘴巴我也說不出口。卡爾斯騰家是與王國一同誕生的家族，王國若是瀕臨危機就等同卡爾斯騰家面臨危機。既然國家是龍所救，那麼卡爾斯騰家也一樣。」

但是，她換了一口氣繼續說。

「未來不同。諸位怎能不去思考如今我等的醜態呢？過度仰賴與龍的盟約，是否導致思考停止了？當戰亂、瘟疫、飢荒再度襲擊王國，我等除了阿諛逢迎龍之外還能做什麼？」

「這個——」

「過度依賴盟約並重視龍歷石的記述，使得這個國家太過脆弱無法獨立存續，一旦面臨動搖國家的事態，就什麼也不做只求龍或預言板出借力量，但是面對龍和預言板都沒處理的事情，我等敢說能夠與之抗衡嗎？近年來發生的數起意外……像是十四年前的大征伐失敗，即是此弱點所致。」

庫珥修話中的內容，讓在場所有人瞠目結舌。

沐浴在驚愕和憤怒的視線中，庫珥修高舉拳頭以凜然的聲音告知。

「要是沒有龍的庇護就會毀滅，那這種王國不如毀滅算了。過度的恩惠會產生停滯，停滯會招致墮落，墮落將敲響喪鐘，我是這麼想的。」

「您……您是說要毀滅國家嗎！」

「非也。若沒有龍就會滅亡，那就由我等成為龍。至今王國仰賴龍的一切，全都應該由國王和臣民背負。」

因此——庫珥修暫停了一下。

「在我成為國王的當下，會請龍忘記持續至今的盟約，要是因此斷絕關係也沒辦法，因為親龍王國露格尼卡不是龍的，而是我等的。」

「——」

「苦難正等在前頭，或許過去借用龍之力可以跨越的災厄，甚至凌駕其上的意外正等著我們，但是我想活得不辱沒自己的靈魂。」

降低音調，庫珥修邊搖頭邊往下看。

「打從以前我就對王國的狀態存有疑問，此次的王選，我認為是上天賜予的修正機會。」

想到對先王的忠義，這番話就算被視為不敬也不奇怪。

「理想論點是沒有錯啦……」

可是，有無從否定的重量。昴專注地聽庫珥修的話。

周遭的人似乎也有同感，大廳裡頭已經沒有高聲反駁她的聲音。與王國歷史正面對幹的風格——正是王者資質。

「嗯，庫珥修大人的意見我明白了。那麼，騎士菲利克斯・阿蓋爾，您有什麼要說的嗎？」

聽完庫珥修的主張，麥克羅托夫這次轉問旁邊的菲莉絲。

以隨從的立場而言，就是聲援主子的意思。

「承蒙好意，但我沒有要補充的。庫珥修大人的想法就如方才所言，而庫珥修大人的作為正確與否，將由後代歷史以及遵從的我等來證明——我對我的主子會成為國王一事深信不疑。」

嚴肅彎折纖細腰桿的菲莉絲，將莫大的信賴化為言語，然後表情又回復方才的可愛模樣，朝身旁的庫珥修微笑。

「庫珥修大人果然不論何時都很完美，菲利醬已經無法自拔了。」

「有時候會不懂菲莉絲在講什麼呢——不過我容許，因為你不會做出對我不利的事。」

看著菲莉絲的庫珥修目光柔和，旁人一看便能了解他們的關係良好。

「好，終於聽完一名候選人的想法了……嗯，雖然一開始的內容就掀起相當大的波瀾。」

庫珥修表達信念告一段落後，麥克羅托夫做個簡單歸結。最有力候補人選所說的方針，對賢人會和文官他們來說是晴天霹靂吧。

她方才的談話，恐怕會使她失去原本勝券在握的許多票數。

然而，要是聽了方才的演說還支持她，就會成就巨大的信賴。

「可是，要用什麼方式選國王到現在還不明朗咧……」

就是要決定方式，才會有現在的信念表達時間；正因為沒有清楚的基準，所以只能焦急地看著議論進行。

「那麼，繼續下去吧。按照順序，就從庫珥修大人身旁的人開始。」

「哼，終於來了嗎？『嗨伊噴』妾身『泰姆』。」

在重振精神的馬可仕邀請下，橘髮少女傲慢地走向前。

「那傢伙剛剛說『Hyper妾身Time』？」

夾雜英文的怪異文法讓昴感到錯愕，而阿爾像是自誇有功一樣用拇指比著自己，站到普莉希拉身旁。

「烏合之眾的粗鄙視線，似乎馬上就集中到『溝兒久撕（Gorgeous）』妾身身上了呢。」

「用得很順口呢，公主，不但融入『阿噴（Upper）』之中還加以活用。」

與其說奇裝異服，集中的目光更像是在看時尚新潮之物。普莉希拉絲毫不在意這些目光，挺起傲人的胸部，身旁的阿爾則是給予不中肯的稱讚。

「那麼普莉希拉・跋利耶爾大人，麻煩您了。」

「雖然生氣不過就配合一下吧，讓那邊的老骨頭們知曉妾身的威能，然後選擇服從妾身就行了吧？簡單至極。」

說完，她從胸部雙峰間抽出一把扇子，啪的一聲打開後邊遮嘴巴邊輕笑。那個笑容不符合她楚楚可憐的容貌，是宛如毒婦的嗜虐微笑。

「——血色新娘，可是很恐怖的。」

宛如煮沸憎恨，讓人十分討厭的一句話穿過大廳。

經過庫珥修的爆炸性發言，在稱不上穩定的氣氛中，以那聲低語作為契機，肅穆的空氣開始瀰漫大廳。

王選的序章現在才正要開始。

3

「無聊之外還加上無趣沒品的叫罵，聽慣了連當搖籃曲都沒辦法。」

普莉希拉打從心底感覺無聊，毫不猶豫地出聲劃破支配大廳的惡劣氣氛。

從先前周圍的反應看來，「血色新娘」這個驚悚稱呼應該是接近辱罵和輕蔑吧。普莉希拉本人毫不介意，但也沒有否定。

「以前我就很在意了，跋利耶爾……莫非您是萊普·跋利耶爾殿下的？」

對普莉希拉的發言投以疑問的是麥克羅托夫。

「嗯，這麼說來沒有看到萊普殿下，他怎麼了？」

「如果你是問那個好色老頭，他在半年前就急速痴呆成了廢人，連夢境和現實都分不清楚，然後前些天才剛猝死。」

「您說萊普殿下嗎？嗯，這樣的話，請問萊普殿下跟普莉希拉大人的關係是什麼？」

「對妾身來說算是亡夫吧，因為連指頭都沒碰過，所以真正來說只有名字有關係。」

面對驚訝的麥克羅托夫，普莉希拉把伴侶的死講得無趣之至。

「公主，再怎麼說那種講法太可悲了吧？」

「無意義的死，無價值的活。要說那把老骨頭活著的唯一意義，就是將積存的所有全都讓渡給妾身，因此跋利耶爾家是妾身的。」

對阿爾的發言充耳不聞，普莉希拉環視周遭，像是在問還有誰要抱怨的。

她的視線讓場內不滿的情緒高漲，但實際上卻沒有人敢說出口，連努力抗辯庫珥修的李凱爾特，也沒勇氣去舌戰講不通的對象。

「嗯，情況我明白了。萊普殿下是我長年之交，沒想到會在這裡聽到他的死訊……普莉希拉大人的話很合理，您的主張確實無誤。」
「那當然。」
「雖然想請教更詳細的事，不過那邊的騎士殿下呢？」
面對驕傲點頭的普莉希拉，麥克羅托夫這次將話題指向她身旁的隨從。
「啊呼……啊，我嗎？」
阿爾用很明顯是在打呵欠的聲音回應，成功吸引周圍人們的反感。
這對主僕簡直就是在比賽誰能讓室內的溫度上升更多。
「對，就是您。身上的衣著很奇特，還戴著在近衛騎士團沒看過的面……頭盔。」
「哦，你知道啊？這個頭盔是南方的佛拉基亞製的，要拿出來可辛苦了。既堅固又耐用，再來就是外型很帥氣，所以我很愛用。」
「佛拉基亞帝國的……那麼，您不隸屬於近衛騎士團囉？」
「我跟佛拉基亞已經斷絕關係，現在是漂泊的流浪漢——請叫我阿爾就好。還有，有些人似乎對我不露臉感到不滿……但還請饒了我吧。」
重複無禮發言的阿爾，收集了來自觀眾的責難視線。集視線於一身的阿爾，用僅存的單手伸進頭盔靠近脖子的部位，將之輕輕舉起。
「嗚——！」
從頭盔縫隙看得到阿爾的嘴角，但每個人都忍不住發出哀嚎。

這也難怪，畢竟可以看見顏面的部分，全都重疊累積燒傷、撕裂傷等各種舊傷痕。不誇張，那些嚴重的疤痕相當於昴的十倍之多。

「懂了吧，整張臉慘不忍睹，要是能容許我這種遮住臉跟大家互動的失禮行為，就感激不盡囉。」

「再失禮地探問一下……從佛拉基亞來又受到那麼嚴重的傷，莫非您曾是劍奴？」

「嘿，不愧是騎士團長大人，真清楚那個祕密主義帝國裡頭的黑暗面。我確實曾是劍奴，是有十幾年經驗的老手。」

喧嚷再度蔓延大廳，好幾名騎士都在口中複誦劍奴這個單字。

按照字面的意思想像，應該是「使劍的奴隸」。

「你曾待在以戰鬥作為娛樂的地方，是這個意思嗎？」

「就是那樣，兄弟。唉呀，那是年輕時的疏忽，手臂會斷掉也是這個原因。」

裝傻的阿爾，在講起悽慘過去時完全沒有意氣風發的樣子，反而是方才用責備眼神看過來的與會者們說不出話來。

不過，比那些人品嚐到更大衝擊的就是昴本人。

在龍車裡，阿爾沒有講太多關於自己身體的事，他含糊帶過只剩一隻手的原因，也沒有讓昴追究戴頭盔的理由，不過那也是昴在無意識中避免追問。

阿爾跟昴一樣，都是被召喚到異世界的人，這個事實代表——他的經驗對昴來說不能當作不相干。

事實上，昴藉由「死亡回歸」的力量死過好幾次了。

失去一隻手，臉上還受了不能讓其他人看見的殘酷傷痕——對於身上已刻劃無數撕裂傷的昴而言，他就是未來的其中一個可能。

昴無法忍受冷徹心扉的感覺爬上背脊。

「嗯，來自佛拉基亞帝國……那麼，您是基於何種理由站在普莉希拉大人這邊？」

「沒什麼，不過就是妾身戲耍的結果。正如妾身成王是天意，那麼任誰擔任隨從都一樣，因此妾身就按照喜好挑選。作為戲耍的對象，這個男人十分有趣。」

「那麼，請問是怎麼選出他的？」

「怎麼，想也知道吧——要成為妾身的隨從就得被妾身賞識，以此作為條件，在妾身的領地聚集對自己本事有信心的傢伙讓他們競賽，是個不錯的餘興節目。」

這麼回應麥克羅托夫後，普莉希拉用富含深意的目光斜眼看向阿爾。

「嗯，原來如此。也就是說，他就是那場競賽的優勝者……」

「不，我沒得到優勝喔？只有一隻手的傢伙從以力氣自豪的傢伙裡脫穎而出，人生才沒那麼簡單咧。是以獲勝晉級的形式留下最後四人，然後靠籤運出頭啦。」

阿爾插嘴的內容出乎想像，即使是一把年紀的麥克羅托夫也面露驚訝。

「什麼？那普莉希拉大人為什麼會選他當隨從……？」

「妾身說過了，就只是選了賞識的對象。」

普莉希拉挺起胸膛，用力朝身旁阿爾的背部拍下去。

單調的破裂音響起，阿爾發出「啊咿！」的慘叫。

「在對本事自豪的呼籲下，聚集起來的原本就是些自信過剩的烏合之眾，但只要暴露在好奇的目光下，其怪態就無從偽裝。在那之中，吹噓自己逃出佛拉基亞，家鄉在『大瀑布』對面的就只有這個男人。」

普莉希拉的微笑加深，紅色的雙眸開始閃耀燦爛的愉悅光芒。

說話的速度變快，普莉希拉聚集眾人的目光後，用力蹬地發出高亢的聲響。

「因此，妾身選阿爾作為隨從。妾身會選擇阿爾，會走在成王之路上，全都是要榮耀妾身的天意。」

對此毫無一絲猶豫或存疑，自信滿滿到叫人無來由地感到害怕。

「您的意思是，上天選了自己……」

「當然，畢竟這個世界只會發生有利於妾身之事，因此唯有妾身適合成為國王。不，妾身不會擔任除此之外的職務，你們只需叩首服從即可。」

桀驁不遜的說法令在場所有人啞口無言，在那之中還能保持平常心的，就只有以這份傲慢為快、視少女為主人的男子。

「公主啊，跟隨妳到底能得到什麼回報？」

「很簡單，跟隨妾身就等於是站在勝者這一方，妾身允許順從者只需開口便能獲得想望之物，反之則無，僅此而已。」

撩起橘色頭髮，大膽讓秀髮在空中飛舞的普莉希拉悠哉地回過頭。

說完該說的話，彰顯完自身態度後，她直接背對台上的賢人會回到中央。在跟著背影回去之前，隨從仰望平臺。

「說法雖然很那個，但我家公主說的是正確的。投靠公主的話，只要不違背公主的意思就絕對能獲得回報——因為是上天選擇普莉希拉。老爺爺的……唉呀，是已故萊普氏的領地快速復甦，這點你們應該知道吧？」

阿爾對馬可仕投出意味深長的問話。

「這方面我們已經確認過，萊普．跋利耶爾殿下過世後，領地的內政由普莉希拉大人執行……並造就前所未有的隆盛。」

「表面上很高傲卻會為他人拚命……可別誤會成那樣了。公主的厲害之處在於瞎猜功力是天才等級，只有這點是登峰造極。」

「——」

「好啦，高興何時投靠公主門下隨便你們，不過我覺得機會難得，還是趁早站在勝者這邊比較好。」

主僕兩人有著莫名的自信，彷彿都將謙虛忘在娘胎裡。回到候選人行列後，原本緊繃的空氣自然舒緩下來。

「偽娘和男裝麗人，有錢寡婦和異世界人，種類也太多樣化了……」

「那麼下一位，安娜塔西亞大人還有騎士由里烏斯・尤克歷烏斯，請至前方！」

當昴喃喃自語時王選依舊在進行，下一個被叫到的是紫髮少女。

雖然少女明快地回應，但大廳裡頭還飄散著普莉希拉殘留的熱氣餘韻。這時，由里烏斯將手朝天高舉，然後往下一揮。

乾裂的聲音響起，方才的氣氛被不容分說地一掃而空。對此，安娜塔西亞微笑著說了聲「多謝」，然後往前邁出步伐，身旁則是並肩而立的由里烏斯。

——就這樣，在此次王選中最有主僕樣的兩人齊聚到前頭。

下一位候選人站到前面，昴也再度整肅意識朝向前方。

4

「要是像前面兩位被強烈期待，擔子太重倫家可是會很傷腦筋滴。偶對太過強勢的人不怎麼歡迎，因此沒個性就是偶的賣點。」

安娜塔西亞露出溫和的微笑，她的舉止和笑容，讓原本因緊迫感而緊繃不已的大廳恢復原本的溫度。

「那麼，倫家──安娜塔西亞・合辛要說話哩，其他人要是聽了不開心，還請多包涵唄？」
「在下是安娜塔西亞大人的第一騎士，由里烏斯・尤克歷烏斯，還請手下留情。」
輕撫瀏海，由里烏斯以洗鍊到沒有多餘動作的姿態彰顯自己的存在。
原來如此，「以沒個性為賣點」是個高級玩笑，昴這麼判斷。
還有讓昴在意的，果然是安娜塔西亞那自然無比的口音，不過在意這點的似乎不只有他。
「聽那獨特的口音，您是來自卡拉拉基嗎？」
「正是，偶出生在卡拉拉基自由交易都市群的最下層。」
安娜塔西亞的話，令麥克羅托夫的眼睛微微瞇起。
「嗯，最下層──那麼您跟露格尼卡是怎麼有所交集的呢？」
下層區，如果這個字彙的意思和露格尼卡相同，安娜塔西亞的地位就是平民百姓，或者按照「最下層」的語意來看，有可能更低。
「雖然出身最下層，但現在在首都有房子，在其他好幾個都市也有開店……會來露格尼卡一開始也是為了這件事。」
「作為卡拉拉基一大勢力的合辛商會，是由她擔任會長。原本在他們國內，長久以來地位穩固的留希卡商工會──被安娜塔西亞大人以自身的商業才能買下改名，才有了合辛商會會長的地位。」
由里烏斯的話，讓身旁的安娜塔西亞困擾地垂下眉毛。

如果剛才所言屬實，安娜塔西亞的發言和實績相比就是謙遜過頭了。

「隨著在卡拉拉基擴大規模，也就有了將生意打入露格尼卡的機會。我和安娜塔西亞大人的接觸，一開始也是以此作為契機。」

「嗯，儘管生於下層區，卻是憑藉商業才幹自立的年輕商人嗎……聽起來簡直就像卡拉拉基建國英雄的軼事。」

麥克羅托夫露出微笑，安娜塔西亞則是拍了一下手，眼神綻放光彩。

「對，就是那樣。倫家很憧憬那個『荒地合辛』咧，當偶成為商人又要冠上姓氏時，就報上合辛沾沾光囉。」

「從遙遠的過去到現在，於大陸全土都被視為最偉大個人的合辛，毫不忌憚就報上那名字……原來如此，很了不起的氣魄。」

安娜塔西亞和麥克羅托夫意氣相投。她口中的「荒地合辛」昴也有聽過，記得是在這個世界被歌頌傳承的其中一個英雄故事。

「給予倫家這種小姑娘向上翻身的機會，是卡拉拉基的優點。有意思的是，倫家似乎擁有能嗅到錢味的才能。」

從剛剛到現在的發言，昴能看出周圍的人逐漸動搖。輕易跨越平民與貴族之間的藩籬，她的商業頭腦就是這麼了不起。

雖然不清楚她是幾時察覺到自己的天賦，但從外表來判斷，安娜塔西亞的年紀比昴還輕，搭配其年紀和周圍的反應來看，能輕易得知她根本是經濟世界的怪物。

「安娜塔西亞大人的商業才能是天賦……就算說能與合辛本人匹敵也不為過，無才無能的我可說是欽羨至極。」

由里烏斯使用的華美辭藻，令麥克羅托夫大方點頭。

但是，昴在旁邊聽了這番話卻不太能接受。

「我剛剛應該沒有聽錯，那傢伙不是被稱為『最優秀騎士』嗎？」

「是的，在露格尼卡王國近衛騎士團中，除了馬可仕團長，排序最高的就是由里烏斯。雖然也有副團長，可是那只是名義上的榮譽職位，基本上可以想成是空位。」

聽到昴的疑問，萊因哈魯特禮貌地回答。

「論劍術和瑪那的使用，以及家世和實績，由里烏斯的騎士資質都優秀得沒話說，所以『最優秀騎士』的稱號可說是實至名歸。」

「可是，在王都市井之間被稱為『騎士中的騎士』的好像是你耶？連阿頓阿珍阿漢都知道，你也不否定吧？」

「那個稱呼與實際資質有許多落差，不過只有劍術方面可以說我超越由里烏斯吧，因為我尚未遇到比我還強的存在。」

爽快地就做出最強發言。

昴雖然感到無言，卻也知道萊因哈魯特並沒有在誇耀，反而是眼中寄宿著羨慕，嘴唇抿成一條線。

看到萊因哈魯特失去從容的表情，昴厭倦思考該怎麼做，不過比起說些什麼，還是以正在進行的議事為優先。

「我明白兩位主從關係良好了。嗯，那麼我想問安娜塔西亞大人——卡拉拉基出身的您，是基於什麼目的要成為國王呢？」

「啊——果然很在意咧，倫家的出身。」

雖說是理所當然，但不只是國家，這個世界本身就存在著國家和民族這些分界。雖然其分界高度不明，儘管事態緊急，一般來說也不會將自己國家的國王寶座輕易讓給來自其他國家的人。

大廳內的人全都屏氣凝神，被緊張感包圍的安娜塔西亞淺淺一笑。

「被這麼期待害偶很緊張。很遺憾，倫家不像庫珥修小姐那樣有偉大的抱負，也不像普莉希拉小姐有本應自己當選的豪邁自信。」

「因為龍珠起反應所以就順水推舟到這來了——您應該不會這麼說吧？」

「啊哈哈，如果是那樣倫家才不會來這種地方咧。當然，倫家也是有自己的目的——其實，倫家的欲望比其他人還要多一點。」

麥克羅托夫的問話，引來安娜塔西亞吐舌的輕鬆言論。

和預想以及氣氛相去甚遠的發言，讓會場大半的人都懷疑聽錯了。

「這是原本就有的欲望，只是偶小時候物欲就強得超乎一般人，會像這樣成為一介商人，偶想除了對錢的嗅覺外，對錢的執著很強也是原因之一。」
「執著嗎？」
「一開始偶只是小商會的幫傭，稍微對店裡的人的做法給點意見結果幫了大忙，持續幾次後變得可以插嘴大型交易，生活也開始輕鬆到可以忘記最下層的生活。可是儘管生活變得輕鬆卻還是沒有自由，恩丟，是變得更不自由。」
扳著指頭計算自己跨越的階段，安娜塔西亞搖了搖頭。
「……嗯，那是為什麼呢？」
「這就是欲望恐怖之處。主要是因為眼睛看得到的、手摸得到的增加了，所以想要抓住的東西也增加了。這個想要、那個也想要，這樣不夠，不管有多少都不夠——然後，回過神來就到了這裡。」
安娜塔西亞微笑著手指自己腳底，她的腳下——代表王城，這點很清楚明白。
「倫家很貪心，什麼都想要，可是倫家從來沒有滿足過，沒有體會過真正的充足感，因此，倫家想要自己的國家。」
「您這是將王國放在物欲的天平上嗎？」
「倫家希望天平可以因此壞掉，無法放進倫家的容器，就代表倫家滿足了。」
麥克羅托夫的規勸，引來安娜塔西亞不好惹的笑容。
亦即，她以王位為目標的理由，可以斷言是「欲望」。

「不過，要是得到王國卻還是無法滿足倫家……到時候就得以超越王國的更高理想作為目標咧。」

「對您來說，到手之物要是沒了價值會怎麼處理？」

「說過了唄？倫家很貪心，所以到手之物不管怎樣都是倫家的東西，而倫家拿到的東西，會在滿足倫家強盛的欲望派上用場。像是在卡拉拉基的生活、合辛商會、在商會工作的員工，全都是為了滿足偶熱情的一部分，倫家不會丟掉的。」

所以說——安娜塔西亞環視大廳所有人的臉開口。

「——放心成為倫家的東西就好咧？」

她溫和地笑著，就像在這大廳她給人的第一印象。

不過隱藏在這溫和底下的，是沒能得到解決、發狂般的渴望。

她的想法本身很通俗，但也正因如此她的主張萬分簡單。

她順從自己的欲望渴求王位，並承諾從得到王位的那一刻起盡全力讓王國繁榮。她的個性是得到便不會捨棄，而是使之更加登峰造極，方才所言傳達了這個訊息。

「嗯，安娜塔西亞大人的主張很充分，騎士由里烏斯有什麼想說的嗎？」

主人演說完畢後，接著是隨從的聲援時間。先前的兩人都說自己的主子有國王資質，不過走向前方的由里烏斯卻以手示意安娜塔西亞。

「用通俗的話來說，安娜塔西亞大人就是欲望集合體，但是反過來說，就是上進心和情意深厚的表現。另一方面，從經營者的觀點來看，做抉擇時不能流於情感，這點她也辦得到。為政者，這項資質是不可或缺的。」

「嗯，確實是那樣呢。」

「附帶一提，誠如方才所言，安娜塔西亞大人的商業才能——正是如今的王國迫切渴望的。我國與鄰國屢有衝突，特別是與帝國領地小規模戰爭造成的戰爭開銷，還有去年的大飢荒，都讓露格尼卡王國的財政狀況雪上加霜。」

突然觸及國家丟人現眼的醜事，由里烏斯的發言令現場氣氛激動起來。

「我認為這不是可以輕易在公眾場合說出口的內容，騎士由里烏斯。」

「財政改革至此數十年，這等國家大事是眾所周知的事實，個人不覺得有必要隱瞞集結在此的各位。面對連國營事業都停滯的現狀，還背過頭不去重視，結果造成了財政困境，各位不覺得嗎？」

「區區騎士卻撈過界，插嘴與己身領域不相干的國政……」

「我尤克歷烏斯家原本就沒有受到很大的影響，即使視而不見，在我這一代也不會造成不可挽回的後果吧。可是即便家族平安無事，服侍的王室要是窮困潦倒，這可是不能視而不見的。」

打斷額頭冒出青筋的賢人會老人，由里烏斯轉頭看向身旁的安娜塔西亞。

「因此，我接觸在卡拉拉基繁盛至極的合辛商會，望能喚起一道嶄新的風吹進露格尼卡。於此途中，我從安娜塔西亞大人身上見到了王的資質，這不叫命運要叫什麼呢？」

是開始熱血起來了嗎？說話的由里烏斯語調變高，說話的速度也變快。

「既然天要選王，那除了安娜塔西亞大人不作他想。我以自身對王室的忠誠以及對王國的忠義發誓，安娜塔西亞大人才是適合成王之人——感謝各位的諦聽。」

由里烏斯用宛如舞台演員的動作結束對聽眾的演講，被他營造的氣氛吞沒的在場人士，個個回過神來重新看向台上的主僕。

「騎士由里烏斯，您已暢所欲言了吧。」

即使置身當中，泰然自若的馬可仕依舊面不改色。是習慣上司的態度了吧，由里烏斯說完「是的，謝謝您。」就回到安娜塔西亞身旁。

「您太棒了，安娜塔西亞大人，像您這樣的花，果然就該盛開在這種場合。」

「好好好，多謝。啊——討厭，都怪你講了有的沒的，感覺很丟臉咧。」

用手掌朝臉搧風，紅著臉的安娜塔西亞帶著由里烏斯回到候選人行列。這樣一來，第三個候選人陣營發表主張的時間結束，按照順序下一個人是……

「那麼，下一位候選人——愛蜜莉雅大人。」

經過片刻沉默，保持安靜至今的銀髮少女被呼喚。

候選人當中，唯有一位少女沒帶騎士。被叫到名字的她抬起頭，潔白美麗的側臉交雜著被不安與堅強的決心彩繪的感情。

「是！」

愛蜜莉雅走向前，她的王選，現在正要開始。
——這時，菜月昴在現場。

5

愛蜜莉雅朝中央踏出步伐，當她右手、右腳同時往前伸的瞬間——昴想著「這邊我得設法做些什麼」！

平常可以說出「ＥＭＫ（愛蜜莉雅醬‧真是‧幼犬）」來疼惜緊張的她，但依現狀來看，就算那麼做狀況也不會改善。

快抵達中央時察覺到走路方式有問題，愛蜜莉雅的手腳從同手同腳恢復正常——就這樣，她承受賢人會的視線走向大廳中央。

然而竊竊私語沒有停止，「半魔」這個單字幾度掠過昴的耳朵。

「——昴，不要緊的，別擔心。」

「不要讀我的心啦，我就這麼好猜嗎？」

「謠言這種東西，在當事人的器量面前會被吹散，相信愛蜜莉雅大人就好。」

昴對現場不愉快的氣氛感到焦躁，萊因哈魯特出言安慰。

但是，那本該是昴主張的話。

被萊因哈魯特搶先，昴的心中留下說不出口的不滿。

在那之後，閒言閒語的氣氛彷彿浪潮般退去，萊因哈魯特的發言得到證明，契機在於前進的愛蜜莉雅身旁站著羅茲瓦爾。

看到並肩而立的愛蜜莉雅和羅茲瓦爾，負責議事進行的馬可仕以嚴肅的表情頷首。

「那麼，愛蜜莉雅大人，還有羅茲瓦爾・L・梅札斯卿，麻煩了。」

「好——的好的，真棒——像這樣在有騎士助陣的人之後發言，我跑錯場的感覺很強烈，傷腦筋——呢。」

羅茲瓦爾維持他那一貫的輕率調調。

「對吧？」他還轉頭問身旁的愛蜜莉雅，但她當然沒反應。

考量直到剛剛她都全身僵硬，根本不期望她能有平常的反應，羅茲瓦爾那沒神經的舉動徒增昴的焦躁。

可是，這樣的感慨也在下一秒被當場拋諸腦後，這是因為——

「初次拜見賢人會的諸位，我名叫愛蜜莉雅，沒有姓氏，請直呼我愛蜜莉雅。」

宛如銀鈴的嗓音流洩，平等地刻劃在所有人心頭。

聲音沒有顫抖，看向前方的眼神也沒有動搖。

方才的緊張跑哪去了呢？在賢人會面前介紹自己名字的愛蜜莉雅，跟方才的候選人相比沒有絲毫遜色。

「而且愛蜜莉雅大人的推薦人，是由鄙人羅茲瓦爾・L・梅札斯邊境伯擔任，非常感謝賢人會諸位撥空。」

「嗯，不是近衛騎士，而是由您這位宮廷魔導師擔任推薦者嗎？還請讓我聽聽箇中經緯。」

邊摸鬍鬚邊指示對話走向，麥克羅托夫看著愛蜜莉雅的眼神帶著犀利的壓迫感，他從上到下打量愛蜜莉雅一遍後說道：

「候選人愛蜜莉雅大人，包含她的身世麻煩一併介紹。」

「明白，首先從眾所皆知的，愛蜜莉雅大人的出身開始說明——吧。有一頭美麗的銀髮，白裡透紅的肌膚，捕捉觀者心靈的藍紫色瞳孔，只要聽過一遍就連作夢都忘不了的銀鈴嗓音。這魅惑的外貌就如諸位所知，是愛蜜莉雅大人繼承妖精血統的證明。」

「一半的血統來自人類——亦即，是半妖精吧？」

在羅茲瓦爾說明時打岔的人，是坐在賢人會座位的禿頭老人。

大塊頭老人額冒青筋不屑地說道，還用充滿嫌惡的視線瞪著愛蜜莉雅。

「骯髒污穢，竟然讓銀髮的半魔跑進寶座大廳，搞什麼東西，為何沒人發現！」

「波爾多殿下，您言重了。」

「麥克羅托夫殿下才該明瞭吧？銀髮半魔不就是那個『嫉妒魔女』流傳下來的容貌嗎！過去曾經吞噬半個世界，逼使所有生物陷入絕望渾沌的毀滅化身，您敢說您不知道嗎！」

「——」

「光是她的外表和出身，可以想見會令多少人聞之喪膽。要讓這樣的存在坐上王位？我無法想像。被他國和國民說我們瘋了倒還好，但不要忘了這裡是親龍王國露格尼卡——魔女沉眠之國啊！」

攤開雙手用力跺地的波爾多，砲火猛烈、態度粗魯。愛蜜莉雅對他的態度毫無反應，但場內的空氣一口氣降至冰點。

「波爾多大人，已經夠——了嗎？」

「如果您是指言語的話，那是講不完的。您的行徑也是荒唐無比，您應該了解吧，首屈一指的宮廷魔導師。」

「就算了——解，也不——懂代表賢人會諸位意見的波爾多大人的盤算，以及人民見到愛蜜莉雅大人後的感情問題——喲。」

面對威嚇的波魯多，羅茲瓦爾豎起手指。

「不過——呢，您是不是忘了？波爾多大人所說構成問題的部分，對於王選根本沒有任——何意義不是嗎？」

「……什麼意思？」

「萬萬沒想到，這是一開始普莉希拉大人所說——的。就算只是形式，也要聚齊五名候補人選才能開始王選之爭，而一旦開始了，就只能肅穆前進了吧？」

壓低音調的羅茲瓦爾仰望賢人會，麥克羅托夫瞇起雙眼。

「嗯，您的意思是，愛蜜莉雅大人是被龍珠選上的存在，在此重要前提下，有無資格繼任王位根本毋庸置疑，對吧。」

「形式上的候補人選，這種說法很糟，不過換──個想法思考如何？愛蜜莉雅大人的容貌極具特徵，沒有任何一個見過她的人不會聯想到『嫉妒魔女』，那對我等而言，意味著成了棋盤棄子。」

羅茲瓦爾爽快做出愛蜜莉雅不可能繼任王位的發言。

這段發言的衝擊超越方才的謾罵，讓昴忘了發怒整個人呆掉。

明知愛蜜莉雅為了成為國王有多麼努力，這個援助她的男人在說什麼啊？

「意思是有五名候選人的王選，實質上只有四人在競爭嗎？」

「選項變少不就意味著分裂的可能性減少嗎？在沒有國王、他國干涉內政的危險現狀下，應該要思索減少危險的方略──吧？」

羅茲瓦爾的提案令波爾多陷入思考，其他賢人會的成員，也有不少老人口說「誠然」，一副深感興趣的樣子。

判斷勝負早有定數，把愛蜜莉雅的努力視同僅是湊人頭般捨棄。

「別開玩笑了!!」

──怒吼響徹大廳，以回音作為開端，室內趨於一片靜默。

在寂靜場內唯一留下聲音的，就只有昴破口大喊後的急促呼吸聲。

「喊出來了」這句話，掠過氣到臉紅脖子粗的昂的腦海。
可是，事到如今不可能退縮，因為只有昂不能讓步。
昂忍不住走向前，回頭的羅茲瓦爾用冰冷的目光凝視他。
「沒想到還有不懂看場合的人，現在不是你這種地位的人可以插嘴——的場面。謝罪，然後離開吧。」
「我的意見已經傳達了，開什麼玩笑。還要繼續下去的話，要謝罪的是你們。」
「讓我越來越驚訝了——你是不要命了嗎？」
羅茲瓦爾平常輕佻的感覺消失，取而代之的是讓觀者戰慄不已的壓倒性陰森。他的周圍看起來在搖晃，是膨脹的瑪那導致的吧？
以那壓倒性的力量為信號，烈火竄過咬牙切齒的昂的腦海。
那是在魔獸之森，大火毫不留情燒盡沃爾加姆獸群的場景。
「現在，要是你當場磕頭請求原諒，就允許你平安無事到外頭，但是若膽敢繼續逞那無聊的一時之勇……」
王選是國家大事，為維護王國尊嚴，羅茲瓦爾打算用火焰制裁以個人情感玷污王選的昂。
膨脹的緊張氣氛讓昂的膝蓋不聽使喚，顫抖傳染到指尖，要不是咬牙忍耐的話，早就已經聽到牙齒打顫的聲音了。
但是——

「我、我說過了，要道歉的不是我，而是你們！」
聲音發抖、嗓音尖銳。
儘管如此，只有低頭認錯這點絕不妥協。
因為愛蜜莉雅沒有做錯任何事，完全沒有，所以只有這點不能退讓。
「好──吧，看來不讓你吃點苦頭你就聽不進去，就讓你親身體會那個意義，願你來世還能繼續活用你的伶牙俐齒。」
下達最後通牒的瞬間，滿溢而出的力量奔流化為具體形狀。
誕生的是照耀整個大廳、環繞極光的火球。在羅茲瓦爾掌上誕生的火炎，以小規模的太陽火力輕輕炙燒不遠處的昴的肌膚。
「就讓你看看火之瑪那最上乘的火力吧──阿爾戈亞。」
殘酷地說完，羅茲瓦爾翻掌朝向昴。
掌中的火球被扔出，熱源緩緩逼近準備燒死昴。
雖然想閃避，但關鍵的身體卻不聽使喚。是因為雙腿發抖嗎？還是意識到眼前逼近的「死亡」，所以身體畏懼了呢？
不對。
這是因為昴的身後站著愛蜜莉雅。
所以在這個瞬間，昴絕對不能離開這裡。

「——呃！」

剎那間，帶來的結果讓每個人屏息。

火球在撞上昴的瞬間，被覆蓋他全身的青白光輝給抵銷。紅與藍正面相撞——結果，只留下白色蒸氣消失在世界上。

「——到此為止了。」

然後，在殘留驚愕的大廳裡，凜然的銀鈴嗓音發出跟之前一樣的音調。

「我不許面前再發生暴行，要是繼續下去的話——」

『順從愛女的要求，我也不會保留力量。』

愛蜜莉雅堅毅的聲音中重疊了中性的嗓音，在對那聲音感到奇怪而皺眉時，眾人才發現了。

——大精靈的凍結怒意，彷彿貫穿全身般擴散至整個大廳。

『不過是人類，膽敢在我女兒面前大放厥詞。』

雙手在胸前環抱，粉紅色的鼻子噴氣——有著灰色體毛的小貓，自大廳空中慢慢下降。牠又大又亮的黑眼珠，因前所未有的冰冷感情而結凍。

「——」

以不帶感情的目光睥睨周圍的帕克，引來護衛騎士們的強烈反應。

他們立刻架起劍，朝飄在頭上的帕克投以強烈警戒。

「——啥？咦？幹嘛？」

狀況產生變化，但狀況外的昴卻無法掌握發生了什麼事。

以為會被羅茲瓦爾燒死，但下一秒就成了這副景況。本來被護在身後的愛蜜莉雅站在昴面前，帕克待在守護她的位置，但卻招惹了所有人的警戒。

而且凝視帕克的警戒眼神中，還摻雜著近似恐懼的神色。

「——永久凍土的終焉之獸。」

一聲沙啞的呢喃，使得靜默的衝擊竄過大廳。呢喃是麥克羅托夫發出的，聽到的帕克抖動耳朵看向老人。

『也有人這樣稱呼我，看來還是有稍微懂事的年輕人啊。』

「都這把年紀了還被當成年輕人，真是難能可貴的體驗。」

每個人都緊張到僵著臉，在那之中只有麥克羅托夫憑著強韌的精神力保持平靜面對帕克。

面對老人的態度，帕克囂張地搖晃尾巴。

『要怎麼稱呼、定義我的存在隨你們高興，可是我是做了什麼的存在，知曉這點的人不就在你們那邊嗎？』

「也是……羅茲瓦爾卿。」

聽見帕克所言，麥克羅托夫呼喚羅茲瓦爾。接受呼喚的羅茲瓦爾嚴肅低頭，向愛蜜莉雅和帕克雙方伸出手。

「誠如麥克羅托夫大人所察……這位超乎常理的存在，是過去被稱為永久凍土的終焉之獸的

古老大精靈大人，而現在，是愛蜜莉雅大人的契約精靈。」

「怎麼可能！名列四大的大精靈竟然被人使役……更何況還是被半魔！」

有那麼值得震驚嗎？大聲起來的波爾多被帕克狠狠一瞪。連那個偉大的老人，也無法逼迫用一根指頭就能讓自己變成冰雕的對象。

『包含剛剛的年輕人，你們這些叫人不快的傢伙，沒有當場變成冰棒都要感謝莉雅。因為是可愛女兒的懇求，我才會這麼老實——要不是這孩子制止，這裡老早就變成冰雕大廳了。』

平淡的措辭伴隨著讓人腳底發冷的寒氣，在大廳所有人的膽子裡插入冰冷之物。牠的話絕非虛言，只要在牠面前就能明白。

掌握現場所有人性命的強大力量——不知是誰吞了口口水，聲音聽起來格外響亮。

「——呵呵呵。」

正因為置身其中，愉快拍大腿的麥克羅托夫顯得更加異常。

帕克平靜的目光看向大笑的老人，老人正面迎視。

「膽子都縮起來了，因為您說了很有意思的方案。」

『嗯，曝光了呢。好啦，羅茲瓦爾，就說做過頭不好了。』

帕克的嚴肅表情瓦解，對麥克羅托夫的話語聳肩說道。

頓時，席捲大廳的冷氣消失，在一片困惑中，羅茲瓦爾拍了拍自己的額頭。

「唉——呀，我本來很有自信的……受傷了啦，討厭。」

「等、等一下啊……你們幾位到底在說什麼？」

只有帕克、羅茲瓦爾、麥克羅托夫三方理解的氣氛，讓最後被投以冰冷視線的波爾多發出困惑之聲。

「若要用一句話來總結——方才的互動，那就是愛蜜莉雅大人這邊的陣營演說，只不過跟先前候選人的方式大不相同。」

察覺到麥克羅托夫的視線，羅茲瓦爾投降似的舉起雙手。

「讓所有人看到與愛蜜莉雅締結契約的帕克的力量，讓大家牢牢記住她是擁有超乎想像之力的存在。那是為此而演的一齣戲，沒錯吧!?」

昴跺地瞪視羅茲瓦爾，他已恢復一貫的噁心小丑表情。聽到昴的叫喊，理解擴散至整個大廳，其中被蒙在鼓底還跟著起舞的波爾多大罵。

「剛剛那是演技……你說是演技!?既然如此，不就是把所有人都牽扯進來的鬧劇嗎！羅茲瓦爾，你膽敢在此不尊重!?」

『嗯嗯～生氣是當然的。我道歉、我謝罪、原諒我、對不起啦、是我不好——不過，我剛剛說的全是真的喔。』

雖然嘴上道歉，但補充的一句話卻讓波爾多的心臟狂跳。小貓繞著老人的周圍轉。

『——方才，你們沒結凍是因為愛蜜莉雅的溫情，別忘了這點喔。』

「狀、狀況改變後這次換威脅嗎？方才說的那番話，分明是『要是不順我意就把你們變成冰棒』的示威行為，這不是威脅者的言行是什麼……！」

帕克悠閒地威脅大家，波爾多也以老手的堅持反駁。

不過，就結果而言波爾多的話也自有道理，不容否定。

「——沒錯，我威脅你們。」

於是愛蜜莉雅正面肯定被扔過來的猜疑。

「再次向榮譽的賢人會諸位自我介紹，吾名為愛蜜莉雅，是使喚長期居住艾利歐魯大森林永久凍土世界、掌管火之瑪那的大精靈帕克的銀髮半妖精。鄰近的村民都這麼稱呼我……」

停了一拍，愛蜜莉雅遠望台上的賢人會眾人。

「活在結凍之森的『冰結魔女』。」

魔女。這個單字出現的瞬間，大廳的空氣為之一變。

每個人都閉上嘴巴不敢說話。

只有一個人，除了能從大膽做法中做出不同評論的麥克羅托夫。

「展示力量、告知要求正是魔女的作風——那麼，冰結魔女殿下打算威脅我們什麼？」

「我的要求只有一個，公平。」

「……公平？」

「身為半妖精，因為和魔女有共通點，所以會被大家以偏見對待。但是，由於這樣就將可能性完全摘除，這點我嚴詞拒絕。」

「您希望在王選之爭裡，獲得跟其他候選人平等的對待，是嗎？」
在過去的歲月中，暴露在無端惡意下的記憶有多少呢？
以血統為理由被迫害，也不會只有一、兩次而已。
「公平對我來說是十分寶貴的，因此我要求你們的就只有這點：公平對待。以訂契約的精靈為盾奪取王位，我絕對不會做出這種有欠公允的行為。」
會想到這個選項，是因為愛蜜莉雅可以選擇。
但是她不選這個選項，反而期望可能會變得不利的狀況，這都是因為……
「跟其他候選人相比我有許多不足之處，是個不成熟的存在。不知道的事太多，必須學會的事多如山高，儘管如此，因為知道目標位在頂峰，因此不曾想過鬆懈。」
在宅邸勤勉學習、認真吸收一切的她，昴都看在眼裡。
所以在場的人當中，只有昴知道愛蜜莉雅的話是真的。
藏不住顫抖，昴明明喉嚨乾渴，雙眼卻開始濕潤。自覺陷入這不可思議的狀況後，他拚命忍耐不讓自己發出丟人現眼的哽咽。
「我的努力是否配得上王座尚不明瞭，但是持續努力這麼做的心情再真確不過。只有這想法不會輸給其他候選人，因此請用公平的目光看待我，看待沒有姓氏的愛蜜莉雅。既不是冰結魔女，也不是銀髮半妖精，請看著我。」
最後的話伴隨著像在懇求的聲響。

但是，話中灌注的強烈意志和願望毫無動搖。

片刻，沉默降至大廳，不是無話可說，而是在等待。

針對愛蜜莉雅的提問，所有人都在屏息等待答案。

不久，承受眾人注視的波爾多吐出長長一口氣。

「我的意見絕不改變，會讓人聯想到『嫉妒魔女』的外表，毫無疑問會給人民不好的影響。在王選之爭裡，不利的立場依舊不會改變。」

他用低沉嗓音正面對抗愛蜜莉雅方才的主張。

愛蜜莉雅因為這回答，藍紫色的瞳孔帶有些許陰霾。

「但是——」

波爾多繼續說道。

「干涉人心是任何人都不被允許的領域，因此您無法決定他人怎麼看待您。不過，我想為方才的失禮致歉——不，是為我的無禮謝罪，愛蜜莉雅大人。」

波爾多當場單膝跪地，獻上表達敬意的最敬禮。

「您大可讓不從己意的我變成冰棒，但您非但沒這麼做還要求公平——這是尊貴的行為。」

溫和地這麼說的波爾多表情充滿理智，直到現在，昴才認同那名老人是賢人會的一員。他的答案令愛蜜莉雅眼中的陰霾消失，表情因被認同的喜悅而變得開朗。她的嘴唇畫出弧度，產生像花朵綻放的微笑。

正面直視微笑的波爾多，看來是驚豔地紅了臉。
「雖然有點波折，但說得很充分。愛蜜莉雅大人和羅茲瓦爾邊境伯，兩位都沒有要補充的了吧？」
「是的。」
「我——是還沒講夠，不過這種場合……」
「——那麼，謝謝兩位。」
馬可仕抓準時間點，強制結束還想再開個玩笑的羅茲瓦爾。輕拍感到不滿的修長背部，接著愛蜜莉雅看向站著不動的昴。
藍紫色的瞳孔閃現複雜感情，紅色的舌頭似要說些什麼——
「現下，那邊的人究竟是何立場？」
麥克羅托夫從台上俯瞰昴，皺著眉頭問道。
這句對無所適從站在原地的昴的質問，讓愛蜜莉雅的表情顯出焦躁。
「啊、呃、那個，這孩子是那個，是我的……呃——」
方才的威風氣派上哪去了？眼前的愛蜜莉雅恢復成平日的模樣，是每天都讓昴胸口因愛意而發熱的少女。
對此感到安心的同時，他把手放在愛蜜莉雅的肩上。
「沒事的，愛蜜莉雅——我也已經下定決心了。」

「什麼決心……等一下，我說昴，慢著，你想做什麼？」
將呼喚聲留在身後，昴大步向前。
集台上賢人會的視線於一身，昴咬牙鼓足勇氣後抬頭。
「初次見面，賢人會的諸位。遲至現在才打招呼，請先容我謝罪。」
昴有樣學樣的單膝跪地，以騎士們和賢人所做的最敬禮當出發點，在急促的心跳下開口。
「我名叫菜月昴，在羅茲瓦爾宅邸擔任男僕，是追隨這位王者候補——愛蜜莉雅大人的第一騎士！」
感受到場內同時靜默的氣氛，昴咬緊牙關扼殺緊張。
「在此拜見各位，今後還請多多關照。」
為了清楚定位自己的位置，跑錯棚的昴開始參戰。
感覺空氣比方才帕克出現時還要急速冷卻。

6

甩開制止自己的愛蜜莉雅，菜月昴自稱是「騎士」。
昴報上的稱號讓會場安靜無聲，尷尬的空氣蔓延。看到觀眾用複雜的視線面面相覷，昴這才注意到事情朝想像不到的方向發展。

「嗯，騎士是嗎？羅茲瓦爾邊境伯……他究竟是？」

「啊——是個有點不懂事的孩子——啦。雖是如此，還真是不好意思。」

「實際上，愛蜜莉雅大人的騎士怎樣了？」

對於麥克羅托夫的問話，苦著臉的羅茲瓦爾摸著下巴說道：

「這——個嘛，跟其他候選人不同，愛蜜莉雅大人目前沒有能寄予信賴的騎士。這點確實叫人擔憂，不——過呢，也不能因此就隨便讓人當騎士，特別是自稱有朝一日會成為國王之人的騎士。」

羅茲瓦爾用跟平常一樣的口氣說給昴聽。

「第一騎士的資格——對主人的忠誠心，還要有足以保護主君的能力。開闢主人的成王之路，至少要有——這些特別的東西。」

「——光這樣是不夠的，羅茲瓦爾邊境伯。」

驀地，有人從候選人行列中走出，打斷羅茲瓦爾的演說。

「在您說話時打岔實在萬分失禮，但我有說什麼都得問他的話。」

優雅行禮後，聚集大廳視線的紫髮青年——由里烏斯說道。

被他指名的昴，早在王選之前就看他不順眼，現在更是橫眉豎目。

「沒必要那麼緊張，我的問題只有一個，回答完就隨你高興。」

「我看起來在緊張？那為了緩解緊張，問題改到明天再問，現在就先別提了吧？」

「丑角的行徑就別做了，如果你真的自稱自己是愛蜜莉雅大人的騎士。」

「……那是什麼意思？」

「就是字面上的意思。」

由里烏斯朝理解力差的昴投以厭煩的眼神。

「你好像不懂呢，剛剛你表明自己是騎士——而且還是在露格尼卡王國近衛騎士團齊聚一堂的這裡。」

攤開雙手，由里烏斯代表並排在自己身後的騎士團說道。

聽到他的話，列隊的騎士們同時端正姿勢，以分毫不差的動作踏地，接著拔劍敬禮。

「真、真是整齊劃一的動作，是為了今天這天拚命練習的吧。」

「正是如此。為了彰顯王國威信，我等每日都抱持高度的自覺和意識，不只鍛鍊身心，也訓練在講究禮儀的場合應有的舉止。而你，有與我們匹敵的覺悟嗎？」

被魄力震懾的昴依舊嘴硬，由里烏斯也悠哉應對毫不動搖。

遲至現在，昴才理解他質問自己的真意。

肩負近衛騎士的尊嚴，由里烏斯質問自己是否有背負騎士之名的覺悟。

昴會當場自稱騎士，只是想讓大家知道自己是站在愛蜜莉雅這邊，同時也是最為她著想的存在。

讓對立的候選人、騎士團、賢人會以及與王選相關的所有人知道。

「我……我想讓愛蜜莉雅大人成為國王，不，我會讓她成為國王。」

「只有這樣的覺悟，但有辦到的能耐嗎？」

「覺悟不是多大不了的東西啦，我也知道自己能力不足，雖然我的心情和你們的忠義還有忠誠心不一樣……儘管如此，我的答案不會改變。」

屏息、濕潤嘴唇，確認自己的決心後，昴抬頭挺胸回答。

「——我會讓愛蜜莉雅成為國王，那女孩的願望由我實現。」

「……那是多麼傲慢的回答，你自己不覺得嗎？」

聽到昴的答案，由里烏斯像是聽到白日夢一樣面露失望。

「聽好了，人生來就有所謂的分量，要說是器量也可以。一旦超越自己的器量，就無法得到也無法追求，你輕率說出口的『騎士』之名也是如此。」

由里烏斯用騎士劍的劍鞘末端敲擊地板發出聲響，遲了半秒，他身後的騎士團也敲出同樣的聲響。同樣的敲擊聲傳來，得到騎士團的贊同，由里烏斯點了點頭。

「騎士追求的，是對主君和王國的忠誠，還有為了守護自己尊敬之物的力量，這些全是在自稱騎士之前不可或缺的——而你，敢說在你心中有那份意志、力量和覺悟嗎？」

「不要有同伴壯膽，就自以為高人一等地講些很偉大的話。我現在的力量遠遠不及自己的心情，這點我有自知之明……」

「方才你認同了能力不足的現狀，原來如此，那是很重要的想法。若不明瞭自身擁有的力量，就只能像現在的你一樣醜態百出。」
對於無話可說的昴，由里烏斯毫不隱藏自己的輕蔑，對他投以鄙視的目光。
「知道自己能力不足？那你高聲主張究竟是為了向誰索求怎樣的稱讚？弱小這件事，可不是丟人現眼拿來自誇的。」
「——唔！」
「那麼，接下來就談談你那不輸他人的心情吧。原來如此，心情不輸給人，很棒的話。就是那份堅強高傲的心情，勉勵你得到站在現場的資格嗎？讓你致力於貶低我等近衛騎士團的樣貌嗎？」
被殘酷的話語切割，可是由里烏斯還不打算收起語言之刃。
「騎士的最高峰——近衛騎士團確實只能靠可靠的家世來推舉，那不是偏重血統，而是因為家世是體內的血流、血脈，可以證明自身對王國的忠義。你也好，那位自稱阿爾的傭兵也好，我不認同兩位有冠上騎士之名的資格。」
「血統咧……那種東西不是當事人努力就能突破的問題吧！」
「正是如此。所以我說過了吧，人生來就有所謂的分量，自己的原生家庭也是這樣，畢竟人生來就不平等。」
「——」
「當然，並不是所有出生在騎士家族的人都能成為騎士，當事人的志向佔絕大因素。總是嘔心瀝血為了保持在應有的高度而努力，有時為了守護自己身後的巨大存在連命都可以捨棄，所謂的騎士資格，是奠基在榮譽之上的。」

由里烏斯用徹頭徹尾的貴族思考踹開昂的心情，從根本否定其存在，而且這樣的認知，在騎士團全員心中根深蒂固。

在場沒有任何人認同昂是騎士。

「——就算那樣，我也會讓愛蜜莉雅成為國王。」

「你還是不懂，都被否定到這種程度了，為什麼你還打算站在這裡？」

會場中的冷漠視線，對昂的有勇無謀投注輕蔑和憐憫。

但是昂卻沒有感覺到那些輕視，不，他感受到更強烈的東西。

愛蜜莉雅，站在身後的銀髮少女——那女孩正看著昂。

不能回頭，他沒有那份勇氣。

感受到背後的存在，昂雖然猶豫卻還是說出口。

「——因為她是特別的。」

他這麼回答。

聽到這個答案，由里烏斯有些驚訝地睜大眼睛，但是拂過的感情波浪馬上就被隱藏在修飾過的表情底下。

「固執。不過不管有沒有資格，至少給了一個讓我接受你站在那裡的理由，既然如此，我不再置喙。」

背對昴，由里烏斯打算回到候選人的行列。

但是他在途中一度停下腳步，只轉動脖子看向昴。

「——只不過，我果然還是無法認同你是『騎士』。」

「你說什……」

「我理解你有篤定想要保護和尊敬的對象，但是你的想法……不，多說就不美了。」

由里烏斯搖頭，憐憫還不肯罷休的昴。

「讓希望並肩而立的對象露出那樣的表情，不能算是『騎士』。」

昴感覺到一股惡寒，意識轉向身後。

站在那裡的愛蜜莉雅，露出了什麼樣的表情？

昴想確認卻又怕到不敢確認。

「騎、騎士是生來就被選上的存在……這麼誇張的話虧你說得出口。」

所以昴接下來脫口而出的，就只是顫抖的不服輸。

「靠祖先的餘蔭裝腔作勢，算什麼最優秀騎士，不要笑死人了。街頭巷尾在傳的騎士中的騎士，這個稱號可是其他人的……那種傢伙說的話我都不怕了。」

「你叫菜月昴吧，隨便貶低他人的行為不只傷到自己的身價，還會連帶傷害到你身邊的人，你該知道這點。」

昴用簡單的挑釁出招，但由里烏斯卻沒表露感情，只是淡然回應。

「菜月昴，真不美麗。」

涵蓋昴從開始到現在的言行舉止，由里烏斯如此斷言。

這句話，讓昴領悟到自己和自己的行為被貶低為差勁透頂。

其他候選人看昴的目光像在看掃興之物，身後的騎士團因為昴對騎士由里烏斯逞口舌之快，大多都投以近似敵意的感情。

連站在對面的文官們，也對只能闡述感情論的昴沒有任何好感。然後，現在的昴沒有勇氣仰望台上的賢人會。

即使與世上的一切為敵，也要站在愛蜜莉雅這邊。

這樣的覺悟和堅強，至少直到方才還有一瞬間確實存在，然而如今……

「已經夠了吧，昴。」

在昴下定決心回頭之前，銀鈴般的嗓音先繞到正面。

肩膀被碰觸後，這才發現身體劇烈顫抖到連自己都想別過視線，這樣的事實叫昴感到震驚。

「耽誤大家的時間真的很抱歉，我馬上叫他退下。」

愛蜜莉雅邊說邊拉昴的袖子，還朝賢人會低頭。

耽誤大家的時間，這樣的結論化為利刃切割昴的心。

但是，也沒有什麼要說的了。

因為不管是覺悟還是決心，都可以說是被自己踐踏蹂躪。
被人拉著手，無法抵抗的昴就這樣被拉下舞台。現在的昴，無法去看拉著自己走在前頭的愛蜜莉雅的臉。
「並非完全不需要，有一部分的時間能夠判斷是有意義的喔，愛蜜莉雅大人。」
台上傳來麥克羅托夫沙啞卻響亮的聲音。
麥克羅托夫對沒停下腳步的兩人繼續說道。
「至少他表達出您與被世人畏懼的半妖精不同。對，就是您有隨從。」
「昴他……」
愛蜜莉雅停下腳步轉過頭。
她的視線盡頭是台上的賢人會，站在身旁的昴連視野的一角都沾不上，但是昴卻將她回頭的臉看得一清二楚。
那張臉有著凍結情感的冰冷目光，像要一刀兩斷切割什麼似的，平靜的銀鈴嗓音清楚說道。
「不是我的隨從。」
她明確地將昴剛剛的話和心情全都拒於門外。

7

搖搖晃晃走在大廳外的通道上，昴陷入山窮水盡的狀態。

在愛蜜莉雅面前、在那麼多人面前暴露自己難看至極的一面，在那之後的事他不太記得了，只記得被騎士團長勸離，愛蜜莉雅將判斷交由昴自行決定。

不想造成愛蜜莉雅的負擔，既然如此，自己來到這裡根本是個錯誤。不聽她的叮嚀也要跑來，拚死拚活來到這裡卻逃離現場的箇中理由極為單純。

——那就是，他再也無法忍受被愛蜜莉雅用冰冷的目光注視。

「怎麼了嗎？」

帶昴前往城內候客室的衛兵，對邊走邊自嘲的昴露出擔心的表情，等在大門外的他沒有看到昴的醜態。

所以可以從他的言行舉止中，感受到對王選相關人士的敬意。

「不，什麼事也沒有。在你執行重要工作的期間麻煩你，真是不好意思。」

「別在意，現在寶座大廳正在進行左右國家將來的大事，就算沒有進到裡頭的資格，但能像這樣沾上一點關係是我的光榮。」

聽他字正腔圓地這麼說，內心五味雜陳的昴感到坐立難安。

他現在，因為自己能跟王選扯上一點關係而感到驕傲。

對比之下昴又是如何？自己的行為能向誰誇耀嗎？

不被認同就算了，還被最希望認同自己的對象拒絕。

「——」

覺得難堪而別開視線的昴，注意到通道前方突然發生騷動。朝那邊看去的同時，對面跑來慌慌張張的衛兵。

「不好意思，請讓開一條路！抓到了可疑人物，要請團長下達指令！」

「慢著，裡頭正在開重要會議！可疑人物就先帶到兵營，之後再……」

「發生了無法處理的麻煩事件，總而言之，現下無法判斷該如何處理！」

不聽同僚的勸阻，衛兵朝通道對面大喊，多名男子正使力拖著潛入王城的入侵者。

打擾王選會場的麻煩事——昴瞥了一眼被衛兵拖著走的入侵者。

然後，今天最大的後悔襲擊菜月昴。

「——啊？」

在呆掉的昴面前，四名衛兵正拉著手腳被束縛的人物走。他們拚死拚活拉著走的對象，是名眼熟的禿頭老人。

在那裡的，是不應該在這裡的羅姆爺。

「——」

明明有拜託水果店老闆傳話等他消息，為什麼羅姆爺會在這——

腦袋一片空白的昴，在這時立刻得到了解答。

「喂……喂……該不會是……」

追著我來的？這決定性的疑問，在昴的心中帶著確信膨脹。

羅姆爺會在今天這個時候潛入王城，除了昴留給卡德蒙的傳話外別無其他。敏銳的老人只靠那些話，就掌握到王城有菲魯特的線索，然後不擇手段地嘗試入侵。

結果被發現還被綑綁，肯定是羅姆爺本身的笨拙所致。

可是招致這結果的確實是昴，自己明知羅姆爺很寶貝菲魯特，有可能會想太多而犯下錯誤。

「——唔。」

衛兵們即將通過眼前，羅姆爺走到伸手可及的位置，而昴就這樣默默地目送他們離去。

現在當場叫住衛兵，就能解釋羅姆爺的身分。

但是這種做法，等於是坦白自己跟試圖非法入侵的可疑人物有關係。

這樣不只會牽扯到昴，要是扯到愛蜜莉雅該怎麼辦？

想到這邊，昴感到一陣愕然。

自己正在考慮捨棄羅姆爺，還卑鄙到想以愛蜜莉雅為由撇清關係。

「慢著，等……」

「哼！貴族都是一個樣，興趣惡劣透頂！隨便跑進來被抓的老糊塗那麼稀奇嗎？想笑就笑吧，你這個心腸污穢的小子！」

昴想叫住他們的聲音，被骯髒的叫罵聲蓋過。

蜷縮巨軀的羅姆爺，口出穢言痛罵睜眼凝視眼前景象的昴。

羅姆爺仰望倒抽一口氣的昴，刻意扭曲浮現瘀青的臉。

「想看的話就跪下來求我，好看清楚這張塗滿貧民窟污垢的老頭的臉！」

「——你這傢伙，嘴巴放乾淨點！」

「唔呃！」

可疑人物對重要人士出言不遜，制裁之拳於焉落下。

「慢著，沒必要做到那樣……」

「真溫柔啊，小伙子。聽到了吧，怎麼啦，騎士殿下，你們最喜歡的飼主下令囉，還不搖尾巴乖乖聽……呃！」

「還講啊，流浪漢！」

重複惡言的羅姆爺，惹來更多不耐的制裁。

昴的視線和羅姆爺的視線瞬間交會，在那瞬間，昴領悟到他的心意。

——羅姆爺即使身在這種處境，還是想要庇護昴。

說那些不必要的話，是為了不要危害昴的立場。

「——多管閒事呢，小子。」

小聲、沙啞的低語接在痛罵後頭，完全不會讓衛兵們感到不自然，但是只有昴了解到那句話的真正含意。

因此，那句話在昴身上留下決定性的傷痕。

伸出的手被拒絕，昴再度被否定。就像在大廳時那樣，不管昴多努力想做些什麼，關鍵的對象卻視為不必要。

「——」

昴陷入沉默，衛兵們行禮後便把羅姆爺帶走。

他們要去的地方是寶座大廳，在王選會場，羅姆爺會遭受怎樣的對待呢？

搖頭甩掉討厭的想像，想到大廳裡的人，比起居中調停昴更期望有確切的恩赦。裡頭知道羅姆爺的人有三個，其中甚至有他的親人，一定不會演變成不好的情況。

一定不會，應該不會，這個判斷應該不會有錯——

「我到底是為了什麼……我……」

8

吵嚷的聲音在寶座大廳傳開，交雜臆測的竊竊私語聲四起。

騷動的開端，來自於接到衛兵報告的馬可仕，讓入侵王城的可疑人物進到大廳。一開始每個人都很訝異騎士團長的判斷，但在看過被視為侵入者的老人後，有幾名與會者領悟到理由，然後……

「我說了，放開羅姆爺，我的要求只有這個。」

「——非常遺憾，恕難從命。」
菲魯特和馬可仕在大廳中央互瞪，散發劍拔弩張的氣氛。
馬可仕否決要求的態度，讓菲魯特額冒青筋。
「團長，這邊能否通融……」
「住口，萊因哈魯特。我明白你想遵照你奉劍效忠的主子的意願，但那是在你視作主子的對象有意接受才算成立。」
面對出聲想調停的萊因哈魯特，馬可仕端出大道理反駁。
「在王選議事進行的過程中，菲魯特大人公開表明自己沒有參加王選的意思。放棄那份資格，意味著放棄當場命令我等騎士團的權利——你懂嗎？」
馬可仕條理分明地列舉不遵從菲魯特要求的理由。
聽到他的話，菲魯特皺起眉頭，粗魯地抓自己的金髮。
「麻煩死了，簡單整理一下。意思是，你不會聽沒勁參與王選的我所說的話吧？」
「——您掌握到話中的重點了，確實如此。」
「哦——原來是這樣，我懂了我懂了。你這傢伙，真叫人火大啊。」
菲魯特那像貓的雙眸猙獰地瞪向馬可仕。灌注近乎殺意的視線，被馬可仕用平常的表情輕鬆帶過。
「那種事怎樣都好啦，快點救救老朽！」

這時，原本保持沉默的老人，悲痛的吶喊響徹大廳。

「菲魯特，是老朽啊！是跟妳在貧民窟一起幹活的羅姆爺啊！雖然不懂是怎麼回事，但現在的妳可以救老朽吧？救命啊，老朽還不想死啊！」

跪在鋪了地毯的地上，老人面露諂媚笑容出聲懇求。那副醜態叫菲魯特無言以對，與會者的視線也都混入對這悲慘老人的嫌惡。

「妳有困難的時候老朽幫過妳，而且是好幾次，很多次！那份恩情快趁現在回報！妳不報恩嗎！快點、快點！快想想法子啊！」

口沫橫飛主張自私的理論，老人哭喊著快點救他。

那悲慘下賤的模樣，讓人連產生同情或憐憫的感傷都沒有，只想敬而遠之。

在短短的時間裡，老人瞬間就讓會場內的多數人與之為敵。

「這下糟了——」

從老人的態度察覺到危機，萊因哈魯特當下挺身而出。

紅髮騎士的直覺因老人話中的真意開始運作，判斷必須改變狀況——

「——別亂動，萊因哈魯特，先停下你那奇怪的舉動。」

才剛行動就受挫，這麼說的人是用扇子隱藏毒辣笑容的普莉希拉。

「不行喲，萊因哈魯特。用那麼焦急的表情行動……簡直就像是想在那邊的老害蟲說出麻煩話前，先把他的嘴堵住呢。」

說完，普莉希拉還故意縮起肩膀說「好可怕好可怕」，萊因哈魯特則在心中為自己的失態咬牙切齒。周遭的人們像是紛紛恢復正常，小聲地交換現在的心情——也就是對老人悽慘討饒的感想。

「看到了嗎？那丟人現眼的模樣。」

「還有那諂媚的表情，讓人想同情都沒辦法，所謂的作賊喊捉賊就是這樣吧。」

「就算受菲魯特大人庇護，也不可能無罪釋放吧。」

擱置自己犯下的罪，老人祈求赦免的悲慘模樣也讓騎士們皺眉。

「在全是那種人居住的貧民窟……菲魯特大人就是在那裡長大的？」

「就算有王室血統的臆測是事實，在那種地方成長的人，能夠擔起國王的責任和義務嗎？」

「果然還是應該重新考慮，例如形式上遵照龍歷石的記述，湊個人數就好……」

喧嚷逐漸傳開，萊因哈魯特因擔憂成真而咬唇。

自己視為主君的少女被貶損，但為她反駁的機會卻被洞燭機先之人奪走。

然後騎士看向喧鬧的中心，注視微微低頭的少女背影——

「——每個人都吵死了，你們這些沒卵蛋的傢伙!!」

年輕少女高聲罵出令人不忍聽聞的髒話。

眾人為此感到驚愕，接著大廳一片靜默。

剛剛撞擊耳膜的髒話不會是自己聽錯了吧？在面面相覷這麼想的觀眾面前，喪氣的少女走向前。跪著的巨軀老人與個頭嬌小的少女，但少女還是得仰望他，她的紅色瞳孔裡充滿悲傷。

「剛剛那算什麼？用悽慘來討饒根本是最爛的求救法，我最討厭這種行為了。」

「——」

原本面露諂媚笑容的老人，表情因接近的少女而凍結。

「吶，羅姆爺，我們貧民窟的人全都過著無可救藥的悽慘人生，大家都心知肚明過著被人高傲俯瞰的低賤生活，包含我在內，全都是連骨子裡都腐爛的傢伙。那真的，是很惡劣的地方。」

做出包括自己在內的過分評價，菲魯特換口氣接著說道：

「不過，那裡聚集的雖然都是些沒救的傢伙……但即使活在那種地方，也不能放棄最低程度的自尊。你不是說不管被人看得多扁，只有趴在地上磕頭的行為絕對不能做嗎？」

「菲魯特……」

「方才羅姆爺的臉，有鏡子的話真想讓你看看。沒骨氣又丟人現眼，甚至還諂媚討好搖尾巴想苟活……那樣還能說是活著嗎！」

聽到菲魯特的話，候選人當中的庫珥修沉重點頭，因為菲魯特剛剛的發言，和她闡述的理念一致。

「既然要向我求援，那你用錯方法了。在我放棄逃離不想待的地方的權利時，便救不了那樣的你。」

菲魯特手插腰，直截了當地這麼說。

那意味著眼睜睜捨棄視為知己的人，也代表放棄命令騎士的權利——還有在紅髮青年面前辭退參加王選的意思。

「……菲魯特大人。」

她的斷言讓萊因哈魯特無法忍受內心的不痛快。

早就想到會變這樣了，看到老人的行為，自尊心高的少女會有什麼樣的反應是能預測的。

順水推舟利用這點的普莉希拉和老人——不，是只有老人。

看起來像被捨棄的老人垂下肩膀，看似虛脫地低著頭。

但是老人嘴角微微揚起的這一幕，萊因哈魯特可沒看漏。那跟後悔與絕望不同，而是類似圓滿完成一件事的成就感。

賭上性命的老人在關鍵時刻使出王牌，完美地遂行目的。

倘若真是如此，接下來必須要打翻老人的算盤，並修正菲魯特的判斷。

可是，萊因哈魯特無法這麼做。

——正因為他是萊因哈魯特，這樣的性格約束了他的行動。

看著垂頭喪氣的老人和菲魯特的站姿，馬可仕判斷話題結束拉起老人的手銬。鐵鍊的聲音響起，馬可仕當場向眾人鞠躬。

「驚擾在場的各位實在非常抱歉，現在立刻把這個人……」

「就是這種感覺啦，我就在等誰來自以為是的講錯台詞呢。」

菲魯特突然出言打斷謝罪完畢想讓人退場的馬可仕。

馬可仕難得露出退縮的樣子，張著嘴說不出話。看到他嚴肅的表情瓦解，菲魯特心情大好，笑著在全場愕然的大廳裡旋轉。

「就是——這樣，團長大人把手拿開吧，手銬大小不合，看了就很痛咧。」

「說過很多次了，我沒理由聽從菲魯特大人的命令……」

「那是我沒興趣參加王選的時候吧？那簡單，算我一咖，王選。只要朝國王這個目標前進就行了吧？」

「——！」

用露出虎牙的笑容紡織出的發言，震撼了整個大廳。

絕大多數的觀眾，都對輕率說出重大決定的少女面露反感，但是反應最大的，當然是正面迎接她宣言的老人。

「妳、妳說什麼啊，菲魯特。老、老朽理解妳的話是正確的，失去自尊就不算活著，會被妳捨棄也是不得已……」

「猴戲演得不錯嘛，臭老頭。活了那麼久，但卻不知道自己沒有當演員的天分嗎？我可是跟你來往很久，你的事我一清二楚，例如——羅姆爺說謊的時候，頭上的髮旋會反過來捲。」

抬起頭，菲魯特指了指自己的腦袋。她的態度讓羅姆爺臉色蒼白，慌張說著「騙人的吧!?」同時用被銬住的手摸自己的頭。看到這裡……

「唉喲，騙你的啦，沒想到露出最棒的蠢臉了，我可真是無情啊。」

「啊——」

在誘導詢問下乖乖上鉤的羅姆爺一臉呆滯，菲魯特將頭撇向一旁。

「就是這樣，拿掉羅姆爺的手銬吧。剛剛的話，全是這個糊塗老人的胡說八道。」

「那樣的理由是行不通的……」

「——這個老爺爺是我的家人，立刻放開他。」

對於固執己見的馬可仕，菲魯特以毅然決然的聲音告知。聽到那句話，馬可仕雖然瞬間面露驚訝，但卻立刻將表情上的動搖消除。

「遵命。」

行禮後，馬可仕放下羅姆爺的手銬，向身後的衛兵索取鑰匙，不過菲魯特卻舉手制止他。

「動作太慢了——萊因哈魯特！」

「在。」

呼應少女尖銳的嗓音，萊因哈魯特走向大廳中央。

菲魯特沒有看向站在身旁的紅髮青年，只是雙手抱胸用下巴示意。

「上。」

「是，我的主人——」

遵從世上最短的命令，舉起的手刀從空中往下揮舞劃破空氣。

束縛老人雙手的金屬製手銬，就像紙片一樣被輕鬆切斷。

露出彷彿被溶解的平滑斷面，手銬落地的高亢聲音在大廳迴響。

那道聲響知會場內眾人，眼前誕生了一對主從。

「這些，全都照著你的盤算走嗎？」

「沒這回事，是超越一切的命運的引導。」

「哈！又是命運，你是命運的奴隸嗎？」

「不──從今以後，我是菲魯特大人的騎士。」

「無趣的傢伙……」

在幾乎全盤被肯定的情勢中，菲魯特厭煩地這麼說。

在交談的兩人面前，羅姆爺始終低著頭。

「為什麼，菲魯特……老朽、老朽說妳……」

「羅姆爺打算幹啥，為了什麼目的而把丟人現眼的話全講一遍我很清楚啦──是看到我站在這種地方厭惡到受不了的樣子，所以才推我一把的吧。」

「既然知道，為何……」

老人頭上冒出問號，菲魯特害臊地笑道：

「你要我捨棄家人厚著臉皮回老家嗎？那種比惡人還不知羞恥的事，我做不來啦。」

聽到這，羅姆爺悲痛的表情轉變成別種樣貌。

老人背對少女，用手腕摩擦臉來隱藏表情。

「老、老朽的敗因……」

羅姆爺仰望天花板，沙啞的聲音中灌入了懊悔，以及超越懊悔的感慨萬千。

「在於把孩子養太好了!!」

9

不知是感嘆還是感激自己的教育方針，反正那聲吶喊很難懂。估算回聲已從大廳消失，台上的麥克羅托夫咳了一聲。

光是這樣，老人就吸引了全場目光。他俯視下方的菲魯特。

「那麼，菲魯特大人、騎士萊因哈魯特，兩人都有參加王選的意思，可以這麼判斷嗎？」

「嗯，好啊。」

「是，我遵照主人的意願。」

始終不改傲慢無禮態度的菲魯特，和遵從她的萊因哈魯特。寬大的賢人會老人不觸及他們的不協調，只是平靜地點頭。

「明白了，雖然有點騷動，不過可以判定龍之巫女都已到齊。最後有什麼要補充的嗎？如果菲魯特大人有話想說的話。」

和其他候選人一樣，這是要讓菲魯特也有演說的機會。

「嗯──」被指名的菲魯特稍微思考了一下。

「那麼，只有一個。」

豎起手指接受提案，菲魯特在全員的注視下，站在台上抬起頭。

環視場內的面孔，紅色的瞳孔燦爛生輝。

她吸了一口氣後說道：

「──我討厭貴族。」

用爽朗的笑臉伸手示意賢人會後，她這麼斷言。

「──我討厭騎士。」

維持開朗的笑容，這次她用另一隻手示意近衛騎士團。

「──我討厭王國。」

她張開雙手，在滿面笑容中暗藏劇毒、織出話語。

「──這個房間的所有人，還有站著的踏腳處，所有的一切我全都討厭，所以我要破壞一切，怎麼樣？」

菲魯特歪著頭。她的態度讓大廳的時間瞬間停止，接著爆發。

「您、您說什麼──!?」

「竟然在決定國王的王選場合說要破壞國家!?」

「我等努力至今的時間算什麼!!」

「少在那邊嘰嘰叫啦，不加上『我等』就不會講話嗎？我說你們的驕傲還歷史什麼的，可笑至極啦。」

站在叫罵聲勢驚人的觀眾面前，菲魯特一口氣將抱怨抹消。

「要是我成了國王，就要破壞一切，把那些看不見腳底已經快場陷、有眼無珠的傢伙給敲下去，這樣通風就會變好一點吧。」

看她愉快地講述，場內只是變得更加混亂。

接受前所未有的不講理，麥克羅托夫表情鎮定，大氣非凡地點頭，然後將話題拋向站在她身旁的騎士。

「您的主子是性格剛烈之人，聽到剛剛的話，您是怎麼想的？」

「——這個嘛，菲魯特大人的話，很遺憾目前與夢話無異。」

「你說什麼！」

「不過總有一天，菲魯特大人的話會傳達給每一個人——在那之前，全力支援她是我的本分，我是如此看待的。」

「但是，菲魯特大人宣告要破壞的東西裡，好像也包含您在內喔。」

「破壞之後的再生，這位大人遲早也會面臨吧。在那時，只要能待在她身旁我就別無所求。」

深深一鞠躬，萊因哈魯特以堅定的態度回應麥克羅托夫。斜眼看著萊因哈魯特的舉動，菲魯特粗暴地抓著自己的金髮。

「結果你到底是伙伴還是敵人啊，哪一個？」

「是伙伴喔，專屬於您的。」

「……那好，我會好好使喚的。」

得到承諾後，王選候選者最後的主僕也報上名號。

瞇起眼睛凝視並排站立的王位候補人選，麥克羅托夫平靜地點頭。

「這次所有候選人都到齊了，那麼，再次探問賢人會的同志們。」

閉上眼睛的老人氣氛改變，嗓音裡頭也帶著強大的意志。

「──此次王選，方才五名候選人已宣告開始，在此徵求同志們的贊同。」

「──基於賢人會的權限，我表示贊同。」

「同樣。」

「我也贊同。」

賢人會成員點頭回應麥克羅托夫的提問，確認完畢後麥克羅托夫起身，站到空著的寶座旁，瞪大雙眼。

「──那麼，在此揭示王選規則！」

卡爾斯騰公爵家當家庫珥修・卡爾斯騰。

庫珥修的第一騎士，「青」之菲利克斯‧阿蓋爾。

「候選人庫珥修‧卡爾斯騰、普莉希拉‧跋利耶爾、安娜塔西亞‧合辛、愛蜜莉雅、菲魯特，以上五位，都具備龍之巫女的資格！」

「血色新娘」普莉希拉‧跋利耶爾。

來自異世界的獨臂流浪傭兵，阿爾。

「期限為三年後，與龍更新盟約的親龍儀式一個月前，也就是今天的日期！」

來自外國的年輕商會首領，安娜塔西亞‧合辛。

安娜塔西亞的第一騎士，「最優秀騎士」由里烏斯‧尤克歷烏斯。

「勝選者將代表全國人民的公意，由龍珠光輝與龍之引導而定！」

失落的王室血脈（未確認），菲魯特。

菲魯特的第一騎士，「劍聖」萊因哈魯特‧范‧阿斯特雷亞。

「各自在登上王位前，需就自己領地所及維持王國機能！」

身為銀髮半妖精的「冰結魔女」，愛蜜莉雅。

還有，不在場的自稱騎士，菜月昴。

「以上為最低限度的條約，在此宣告王選展開！」

麥克羅托夫大聲說道，大廳被驚人的熱情包圍。

無聲，但是每個人都難以壓抑內心的吶喊。

以背承受那股熱情餘波，麥克羅托夫伸直腰桿開口宣告。

「現在——王選開始!!」

第五章 『自稱騎士——菜月・昴』

1

——昴會知道故事在自己不在的期間開始運轉，是因為萊因哈魯特和菲莉絲兩人到城內的候客室露臉。

「就是這樣，可喜可賀王選開始了。昴啾是愛蜜莉雅大人的騎士吧喵？互相加油吧。」

「……啊，嗯。」

說完事情始末後，菲莉絲在最後補上的那句話諷刺無比。

只要想想在大廳發生的所有事，應該不難理解昴現在的心境。

但是昴沒心思去搭理菲莉絲的殘酷，雖然王選的內容也很重要，但現在的昴有比那更該確認的問題。

「——那位老人家沒事喔，在菲魯特大人的斡旋下，確保了生命安全。」

「——唔！」

萊因哈魯特代替害怕到說不出話的昴遞出答案。

「我有想到既然都走同一條路，你不可能沒見到那位老人，畢竟我知道你與老人相識，所以很容易就能察覺你的不安。」

萊因哈魯特立起手指想讓昴安心，但是就算是他也不明白昴產生罪惡感的原因。

眼睜睜看著羅姆爺離開的瞬間，昴的心底產生無從挽救的糾葛。

「太好了，多虧有萊因哈魯特和菲魯特大人，得感謝他們呢，這樣一來——昴啾什麼都不用解釋就能解決了。」

「——」

背脊竄過一陣惡寒，昴抬起頭重新面向菲莉絲。

看著昴的黃色瞳孔，彷彿能看透內心般閃動光輝。

內心湧現被窺視的不快感，為了掩飾，昴挪動僵硬的臉頰。

「啊，這樣啊……太好了，果然如我所料！與其讓我搞砸，不如讓大廳的愛蜜莉雅醬或菲魯特解決……對吧，是這樣沒錯吧！」

攤開雙手做出誇張的舉動，昴刻意用滑稽的動作面對兩人。

「不過，要是菲魯特因此有所覺悟就慘了呢，強大的對手出現，搞不好會害愛蜜莉雅醬挨罵。」

昴輕浮地耍嘴皮子，萊因哈魯特和菲莉絲因為他的態度驟變而表情一變，但最後還是選擇不追問。

自己利用了兩名騎士的溫情。對這點有自覺，但昴無視內心的控訴。

「對了，既然大家都商量完了，那愛蜜莉雅醬怎麼樣了？」

「候選人都留在大廳聽取有關王選的說明細項，這時我說想來看看昴，菲莉絲就跟過來了。」

「謝謝你們的探望，不過這樣好嗎？你不是也該待在主人身邊？」

姑且不論萊因哈魯特，菲莉絲跑來露臉實在可疑至極。

「以安全面來說，庫珥修大人比菲莉醬還強，所以大可放心——」

「不要講得那麼輕率啦……就算穿這樣，你好歹也是近衛騎士吧。」

「菲莉醬的賣點跟他們不一樣，所以沒關係——你明明就知道嘛。」

秋波流轉看向昴，菲莉絲左右搖擺豎立的手指，指尖散發青色光輝。

「嗚……是心理作用嗎？總覺得肩膀、手肘和腰部的疲勞好像消失了？」

「昴啾的身體真是的，痛的地方有夠像是上了年紀的人。」

「這就是你的賣點……這麼說來，曾聽說你是很厲害的水之魔法使者。」

會讓昴同行到王都，原本就是為了治療他沒有自覺的失調身體狀況，而負責治療的人就是眼前這位貓耳偽娘。

「厲害這種說法太小看他囉，昴。菲莉絲稱得上是大陸第一的水系統魔法使者，以最年少之姿獲賜意指屬性頂點的『青』之稱號可不是擺好看的。」

「對呀，得到誇張別名的菲莉醬，可是有很多人要拜託我幫忙呢。」

對於萊因哈魯特的稱讚，菲莉絲毫不謙虛的挺起胸膛。

既然他是傳聞中本事了得的治癒術士，那拜託他幫忙的人數眾多也能理解。

而且那樣的他還負責治療昴的身體。

「……果然是愛蜜莉雅醬吧？」

「就是那個果然。」

這個回答在預料之中，但光是這樣昴的口氣就變得苦澀沉重。

繞來繞去話題最後都會回到治療昴，其箇中緣由可以想像。正因如此，昴無法停止重物逐漸盤踞在心頭深處的情況。

委託庫珥修陣營的菲莉絲治療昴的身體，是在王選開始前的階段，這意味著欠了政敵人情。

也就是說，昴即使待在這裡，結果也只是絆住愛蜜莉雅的腳步。

「那個，我非得接受治療嗎？」

「報酬已經支付了，要是就這樣不治療昴啾，結果可是會讓愛蜜莉雅大人白費力氣喲？」

「報酬是什麼？如果是物理性的東西，只要還回來什麼都好說……」

「那不是物理性的東西喵，知道的話就會曉得那是無法還回去的報酬，所以昴啾的請求非常遺憾不適用耶～」

被不講情面地拒絕，昴只能撐著額頭低下頭。

明明不想成為愛蜜莉雅的絆腳石，但昴的行動卻在在背離期待。

想成為愛蜜莉雅的助力，是昴現在在這裡的意義。光是那樣的念頭，就成了支撐昴存在的唯理由。
「——既然要感嘆自己的無能為力，不如想想應該選擇的選項吧。」
平靜的聲音響徹候客室，昴反射性地抬起頭。聲音的主人既非萊因哈魯特也不是菲莉絲，而是背靠敞開門板的紳士——由里烏斯。
「你來這裡幹嘛？」
昴的臉因敵意扭曲，由里烏斯用清爽的表情承受他的視線。
「希望你不要做出那種厭惡的表情，我沒想過會被歡迎，但也沒必要表露那樣的態度。」
「表露又怎樣？」
「跟你在一起的人品行會受質疑，麻煩你注意一下吧。」
「呃……」
與其說是被責備，更像是被戳中痛處，昴的怒意哽在喉嚨裡。
「好啦，你剛剛問我為什麼來這裡。」
經過沉默不語的昴的身旁，由里烏斯走向窗邊。
從那裡眺望城外的騎士，背對著昴在微風吹拂下瞇起眼睛。
「當然是來見你的，想請你稍微陪我一下。」
怎麼樣？由里烏斯攤開手。
像這種視線帶刺互相交錯的狀態，怎麼想也不會是友好的提案。

「什麼怎麼樣，不知道地點和目的，我連NO、不要、拒絕或者洗洗睡、放棄吧都沒法說，雖然我都說了。」

「地點在練兵場，目的嘛……」

聽完昴話中刺多到爆的話，由里烏斯像在沉思似地低下頭。

「目的是——教你何謂現實，怎麼樣？」

他也在裝模作樣的笑臉裡裝填了不輸給昴的刺，放話這麼說道。

2

在十幾分鐘劍拔弩張的言詞交鋒後——昴站在被踏實的沙地上。

地點從王城候客室移動到與城堡相鄰的騎士團團員值班室，那裡有個被感覺歷史悠久的堅固牆壁包圍、紅褐色土壤被踩到結實的練兵場。

佔地約有普通學校半個操場那麼大，不管是用來練跑還是練劍，空間都十分寬敞。

確認腳下的觸感後，昴若無其事地做伸展運動，同時進行準備。

「由里烏斯，不該做這種事，這樣一點都不像你。」

萊因哈魯特在練兵場入口這麼說，試圖讓由里烏斯改變心意。紅髮騎士的表情裡沒有焦躁或憤怒，單純只有對昴的擔憂。

「我同意發言確實有點過火，不過只要提出勸誡改正就好，平常的你不是也會這麼判斷嗎？」

「如你所言，吾友萊因哈魯特，偏偏那是在平常的情況。」

把近衛騎士制服上的禮貌性裝飾仔細拆下，由里烏斯將不帶感情的雙眼看向萊因哈魯特。

「如果不是今天，或者相遇的場所不一樣，我可能會放著不管，可是我不能那樣。他在未來會成為國王的眾人面前侮辱我等騎士，說出小覷騎士道的發言，而且不但沒有謝罪，還加重對我的侮辱。」

方才充滿些許吵雜聲的練兵場，頓時變得安靜下來。

「——接下來，我要對污衊騎士驕傲的不敬之輩降下懲罰，有意見嗎！」

「——!!」

難以名狀的豪風突然強烈撞擊練兵場的空氣。

令人耳朵生疼的風，其真面目是由近衛騎士和衛兵們所發出的熱情和聲音。

代表眾人的由里烏斯，和侮辱眾人一口氣把全員得罪光的昴，大家是想確認他們倆對峙的狀況吧。

「開賭盤的話一定是一百比零，沒人要賭我，人氣低到爆表我都想哭了。」

被這麼多人投射敵對感情，還是有生以來的第一次。老實說很心寒，整個身體被壓迫感支配，兩條腿幾乎快要無力站立。

然而心跳很穩定，手腳只覺得重卻沒有發抖。

跟下定決心不同，昴現在置身在不甚清楚的精神狀態下。

「好了，在開始前我再問一次，你有沒有意願為先前的無禮道歉、請求原諒呢？倘若你現在肯當面對多次的無禮行徑謝罪，我就原諒你。」

「我想不起來有做出什麼無禮行為耶……是說要怎麼道歉？」

「流著淚用額頭抵地，或是像隻服從的狗躺在地上露出肚子獻媚，你覺得如何？」

「不管哪種都欠缺品味，還是免了。」

本來就不期待昴會接受吧。「是嗎？」簡短回應的由里烏斯，最後將騎士劍交給身旁的騎士，然後接過兩把木劍。

「本來呢，你的無禮就算害你被砍死也沒什麼好稀奇的，可是你偏偏是愛蜜莉雅大人的隨從，所以就用木劍代替吧。」

沒意見吧？由里烏斯用眼神詢問，昴用手語簡短比出「沒問題」，但他不是看昴的手勢而是看臉，判斷出答案後，由里烏斯點了點頭。

「那麼，見證人──菲莉絲。」

「在這在這。」

由里烏斯瞥向一旁，視線盡頭是揮舞手掌的菲莉絲。

被指名為見證人還爽快接受的他，不知道內心在想什麼。跟試圖阻止的萊因哈魯特不同，菲莉絲對即將開始的對決一臉雀躍。

「那──麼，希望雙方竭盡心力對決，不管受多麼重的傷，只要沒死就說什麼都要努力喔，昂啾。」

「為什麼只對我說？也擔心那邊吧。」

「哇喔，好逞強！各位聽到了嗎？嘿──咻來喲！」

菲莉絲轉身面對觀眾，雙手大幅上下揮動。配合這個信號，練兵場發出爆笑聲──對昂有勇無謀的嘲笑傾洩而下。

承接著背後的嘲弄，昂走到由里烏斯面前，接過他遞出的其中一把木劍，接著用力握緊讓手習慣。

「似乎挺有幹勁的，很好，我們開始吧？」

同樣握緊木劍，由里烏斯宣告這場擬真決鬥正式開始。

肌膚感受到觀眾自然高漲起來的熱情，昂架起接過的木劍拉開距離──

「啊，暫停，總覺得跟這玩意合不來。」

旋轉手中的木劍，昂回頭抱怨。

「會嗎？我不覺得有什麼差別，要試試這把嗎？」

「抱歉抱歉，我是出生在現代的小孩，用不慣跟自己不合的道具。」

邊說邊用一隻手接過由里烏斯遞出的木劍，然後把原先拿著的木劍朝由里烏斯遞出──

「唉呀。」

「──」

但在由里烏斯的手指碰到之前，木劍就脫離昴的手，在重力的吸引下自然掉落，由里烏斯立刻身體前傾伸手去抓。

原本站得直挺挺的他身形傾斜，跟昴的身高差距消失。

「──呼！」

往前踏出一步，昴由下往上揮動手中的木劍──攻擊由里烏斯的下巴。

同時，空著的左手朝正面伸出，把在做伸展操時偷偷握住的沙子往由里烏斯的眼睛灑去──妨礙視覺和奇襲的二連攻。

──得手了。對自己的奸計感到滿意，昴邪惡地笑了，緊接著……

「看來你真的沒有驕傲這種東西，粗鄙下流地活著比較好生存吧。」

耳邊聽到聲音，於此同時衝擊降臨，堅硬銳利的觸感直擊心窩。

身體因命中胸膛的堅硬觸感浮起，雙腳離地後臉接著劇烈撞擊地面。

沙地磨破臉皮，心窩被打的痛楚引發嘔吐，大腦同時承受疼痛和灼熱的強烈打擊。接著，練兵場的熱氣爆發。

對不知天高地厚的愚行，報應現在正毫不留情地降臨在昴身上。

晚一步發出的疼痛吶喊，朝練兵場的高空拉長尾音。

聲音傳得又高又遠。

3

「報告，現在騎士由里烏斯和……愛蜜莉雅大人的隨從菜月昴殿下正在練兵場，持木劍進行模擬戰。」

「……咦？」

聽到這個報告，愛蜜莉雅發出像是呼吸停止的聲音，思考停止。

冷靜、沉穩地依序整理報告內容，但還是不明白意思。

「為、為什麼會那樣……!?你說的練兵場，是在城堡旁騎士團的建築物中吧？由里烏斯和昴在那邊……打架嗎？」

「請容屬下僭越，是模擬戰。若是想成打架這類以私人恩怨作為開端的行為，有損騎士由里烏斯的名譽。」

面對藏不住困惑的愛蜜莉雅，只有這點不肯讓步的衛兵清晰斷言。

不過現在的愛蜜莉雅，緊張到毫不在意衛兵半是不敬的態度。

想起昴和由里烏斯在大廳的唇槍舌戰，兩人對彼此都沒有好印象，要是以此為由開始決鬥的話……

「總而言之得立刻阻止他們，帶我到練兵場……」

「啊──這方面倫家有別的看法。」

明快的聲音叫住急匆匆想奔去調停的愛蜜莉雅。

在回頭的愛蜜莉雅面前，舉起手成為焦點的人是安娜塔西亞。現在商討地點從大廳轉移到會議室，候選人及關係人士全都聚集在這個房間。

方才的報告，愛蜜莉雅以外的人當然也有聽見。

「倫家想確認一下，說要打那個『模擬戰』的素哪位？」

「聽說是騎士由里烏斯，不過菜月昴殿下接受之後，現在的狀況……」

「啊啊，行咧行咧，知道發起人是由里烏斯就夠了。」

聽到衛兵的回答，安娜塔西亞落落大方地點頭，接著回頭看向愛蜜莉雅。

「──既然模擬戰是由里烏斯發起，那倫家就反對制止。」

安娜塔西亞的答案，與愛蜜莉雅的意見正面交鋒。

「你的騎士和我的……那個，朋友正在起衝突喔？都不擔心嗎？」

「擔心？擔心什麼？擔心由里烏斯做過頭不支付那個男生醫藥費嗎？」

安娜塔西亞感到莫名其妙，歪著頭這麼回答，愛蜜莉雅對此說不出話來。

取代愛蜜莉雅說話的，是發出輕笑的普莉希拉。

「確實，那個嘴臉在妾身所見，是分不清楚退場時機的愚昧之物。這時八成過於固執己見，那張本來就不能看的臉可能會變得再也看不到了。」
「嘿咩，在大廳說大話的膽量叫人佩服，但卻素個讓佩服就這樣輕飄飄飛走的男生。」
「妳、妳們……不是還有其他更該說的話嗎？」
看兩人互相交換壞心的笑容，愛蜜莉雅的眼神滿是難以置信，聲音顫抖不已。
但是，彷彿要打擊愛蜜莉雅的驚愕。
「如果要問模擬戰的是非，中途制止也讓我不能接受。」
連一直作壁上觀的庫珥修，都對愛蜜莉雅表述反對意見。
「如果是愛蜜莉雅的隨從申請決鬥，那您出面調停是沒問題，但申請者是騎士由里烏斯，接受的是您的隨從，由您介入制止就有問題。」
「為什麼？畢竟昴是我的……」
「這樣還不明瞭的話，那說再多也不會懂。而且——雖然性急，卻是必要之事。」
被強硬的口氣打斷，愛蜜莉雅便不再繼續追問。
庫珥修也緊抿嘴唇，表達沒有什麼好對她說的了。
「所以，你這個衛兵是想說什麼才來這裡？」
因對話沒進展而面露不耐，焦躁出聲的人是菲魯特。
「不過就是幹架，之後報告結果就行了吧？如果是在開始前跑來報告就算了，打到一半才害怕地跑來講，我不懂這是什麼道理！」

態度惡劣、雙手抱胸的菲魯特，丟出的疑問讓衛兵的臉色差到一看便知。

從那樣的態度察覺到反感，一直默不作聲的馬可仕走到部下面前。

「報告啊。」

「是、是！騎士由里烏斯和菜月昴殿下的模擬戰……因為太過一面倒，所以前來尋求指示！」

「……一面倒是指？」

「騎士由里烏斯應該也有手下留情……但實在叫人看不下去。」

是看過悽慘至極的現場吧，衛兵臉色憔悴到不敢面對愛蜜莉雅，那樣反而讓在場所有人聯想到慘狀。

「得去阻止……」

那樣的態度成了最後一根稻草，愛蜜莉雅拋下剛剛的猶豫衝出房間，朝騎士團值班室、練兵場跑過去。

「話說，我們也追著小姐去看模擬戰吧？」

愛蜜莉雅飛奔而出，室內一片騷動的時候阿爾舉手提議。

他用手比向敞開的門，朝站在旁邊的普莉希拉聳肩。

「公主也喜歡吧？看弱小生物被猛獸折磨的秀。」

「別擅自想像誤會了妾身，阿爾。不過呢，是非常喜歡。」

微微挺起背部，搖晃豐滿胸部的普莉希拉嫣然微笑。

「好吧，無聊之事拖得有點久正覺得煩悶，就去俯瞰眾多愚物的不像樣，嘲笑一番也不壞。」

普莉希拉的扇子前端，指著狂冒冷汗到叫人同情的衛兵。

「到練兵場，帶路——這是妾身的命令。」

4

皮開肉綻的額頭滴下鮮血，流進還完好的眼睛染紅視野，昴粗魯地將之拭去。

已經記不清被打倒在地幾次了，腫起的左眼完全看不見，血液的味道濃到無法判斷是嘴唇破皮還是口腔破皮。

感覺不到痛楚。

是過於強烈的痛楚奪走了感覺機能，還是腦內分泌腎上腺素造成的效果？要說的話因素有很多。

但是，讓昴忘記疼痛的，只是純粹的「憤怒」情感。

「差不多該認清自己的極限了吧？」

面對昴這種超脫常軌的氣概，由里烏斯不是稱讚而是厭煩地回應。

由里烏斯依舊全身完好，沒碰到沙子甚至連一滴汗都沒流，一派清爽地搖晃木劍前端，上頭留有明顯持續毆打昴的痕跡。

「你跟我之間無法彌補的差距，你應該切身體會到了。你侮辱、輕蔑的『騎士』是何物，這個差距你也懂了吧。」

他的呼籲並不是要打動昴的內心，而是要挫敗他的心靈。

由里烏斯只是為了彰顯騎士應有的樣貌而不斷痛毆昴，而昴也只是在他擺出的現實裡頭持續魯莽的堅持，因此場上根本沒有產生其他東西的餘地。

即使兩人持續了這麼長時間的鬥毆，卻沒有激盪出任何火花。

「再繼續下去小命可就不保囉？」

「……這種程度才死不了呢，不要裝得很懂的樣子。」

「說得像是有經驗呢。」

「在這世界上，我是比任何人都要了解死亡的男人。」

總計七次──這是昴來到這個世界後，性命被踐踏的次數。踏遍大千世界每一處，也找不到像昴那樣與自身死亡打過照面的人。

一般人說的死亡都只是感覺，痛死了、氣死了，一堆動詞都在後面加個死字，但人類才不會因為那些事就真的死掉。

甩動傷口抽痛的腦袋，緩慢地舉起木劍，昴發出無聲的吶喊。

在由里烏斯進入攻擊範圍的瞬間，高舉過頭的木劍前端發出呻吟——

「一點都不美。」

突刺在木劍揮下之前就攻了過來，昴握劍的右手手腕被貫穿。在犀利的刺擊下木劍脫手而出，眼睛忍不住跟著看過去，接著——在心窩被打的衝擊下倒地。

呼吸不過來，連採取安全倒地的方法都做不到，昴就這樣直接倒地。品嚐第五次天地逆轉的滋味後，他成大字形仰躺在地，如同字面所述，昴吐血橫躺在地。

練兵場還是一樣，擠滿想看由里烏斯公開凌遲昴的騎士和衛兵，但是現在卻沒有人大聲喝采。

不把騎士這身分當一回事，還侮辱決定王國未來的王選儀式，這種無禮者被首屈一指的近衛騎士由里烏斯教訓，讓他在痛楚中品嚐到自身行為的不敬並謝罪——那是聚集在此的他們原先期待的光景。

事實上，決鬥開始十分鐘左右他們都有發出歡呼，或是嘲笑蔑視昴的丟人現眼，或是不吝惜地讚賞同伴由里烏斯。這樣的情況有所轉變，是在全員領悟到這場決鬥是真正的「凌虐」後。

雲泥之別的實力差距，橫亙在昴和由里烏斯之間。

被攻擊制裁，拙劣的防禦被看穿，昴不斷倒地。

一開始現場還被嘲笑支配，但超過十次之後，就開始重複厭煩的嘆氣，到連數都懶得數的時候，每個人都覺得看不下去了。

放棄不就好了？任誰一看都知道勝負再明顯不過，也都再度確認到「騎士」這個存在的優越性，繼續下去只是無意義的爭執。

但是，由里烏斯毆打昴的木劍卻沒有添加一絲一毫的留情。

身為見證人有權制止這場戰鬥的菲莉絲，不管昴受到多嚴重的傷，都沒有要出手制止。

然後昴本身，也不理會騎士們的懇求不斷站起。

任誰都知道，這場爭鬥既沒意思也沒意義。

有的只是不成體統的丟人現眼，以及毫無價值的堅持罷了。

既然如此，至少要看那份堅持最後會變怎樣。

聚集在現場的騎士、衛兵們，面對讓人不忍卒睹的場景卻沒有離去，是因為他們以觀眾的形式和眼前發生的事態產生了關連性的責任。

「────」

在看守這場戰鬥的騎士面前，昴撐起顫抖的上半身，撿起掉在旁邊的木劍，用木劍支撐雙腿站立。這時他開始咳嗽，嗆出大量鮮血。

那慘烈的姿態，讓在場所有人確信且自然地理解到一件事。

──下一次的交鋒，將會成為這場無益爭鬥的最後休止符。

——下一擊就是最後了吧，昴在內心做出結論。

諷刺的是，目擊昴滑稽模樣的觀眾也做出同樣的結論。

但是，他的視野已經看不見周圍了。

現在昴的眼中，就只有自己和由里烏斯兩人。

再被打中就站不起來了，就算這把劍碰到對方，自己也無力再戰。

既然如此為什麼要挑戰呢？前方的結果若相同，為什麼還要挑戰？

看不到答案，早在一開始就丟失了開始這場戰鬥的理由，在腫脹的視野中，昴對若無其事站在前方的由里烏斯充滿憎惡——決定了。

為了折斷他的鼻梁，不管做什麼都要揍到他。

「——」

光是吸氣便感覺肺部疼痛，吐氣的時候口腔更是痛得不得了。

靠痛楚掃去朦朧的意識，昴凝聚剩下的力量等待時機。

為了不看漏由里烏斯意識產生剎那空隙的一瞬間。

——好痛、痛死了。

「——！」

在疼痛炸裂的意識中，昴沒看漏由里烏斯的視線有一瞬間遊走。

聽不見聲音，昴拋下一切，全神貫注地舉起劍。

意識稍稍離開昴的由里烏斯，對昴的行動完全沒反應。是什麼吸引了他的注意？連思考這點的腦細胞都拿來用在這一擊。

「──！」

好像聽見了聲音。

在聽不見聲音的世界裡，在除了和自己互毆的對手以外，不存在任何事物的世界裡。

「──昴！」

聽到聲音了，聽到某人的聲音，昴的耳朵聽到了某人的聲音。

意識快要被拉走，得用這份憤怒來塗銷、忘記一切。

現在，唯有攻擊眼前的人，才是昴的存在意義。

「──昴！」

開始變得鮮明，開始具有意義。

要是聽得清晰，就無法挽回了。

所以昴為了擺脫一切，為了逃離逼近身旁的壓倒性恐懼，他竭盡全力──叫喊。

「──昴!!」

「──紗幕!!」

背叛清晰可聞的銀鈴嗓音，昴高聲詠唱咒語。

黑雲出現，漆黑籠罩紅褐色的練兵場，萬物全都從世界消失。

無從理解的世界展開，昴奔馳穿越其中，發出構不成聲音的聲音，雙手在無從理解的世界裡，順從大腦的命令往下揮。被黑雲吞噬前高舉的手，無視能否理解直接付諸實行，讓木劍前端碰到「某物」——

「這就是你的王牌嗎？」

在應該聽不見的世界裡，清晰的聲音敲擊昴的耳膜。

黑雲散開——破風的木劍從雲霧散開的另一端打來，昴的身體被無情打倒在地。

「你會用『陰』系統魔法出乎我的意料，這招出其不意我認同。」

從上方扔下的聲音，不是帶著疼痛而是驚訝。

在地面呈大字形，仰望天空的昴只能呆呆地接受現實。

「但是熟練度過低，低級的魔法降低自己的格調，而且只適用於沒智慧的野獸。不只是我，這招對近衛騎士的每一個人都不管用吧。」

被投以憐憫的聲音，挫敗昴心靈的聲音呼籲他放棄一切。

以為可以改變狀況，深信就算是這樣的自己也能辦到什麼。

「你弱小無力、無可救藥——你不配待在那位大人身旁。」

只有這句話想否定，唯有被否定生存意義這件事難以容忍，昴轉動脖子瞪著男人想叫他撤回

那些話，然而——

「——」

他的視線卻和銀髮少女的藍紫色瞳孔對上。

在王城中段的樓層——她從可以俯視練兵場的陽台探出身子，身後則是曾經見過的女性，她們全都用冷漠的目光觀看這個結果。

那些掃興的臉會怎麼想全都無所謂。

不管其他人怎麼看待，昴覺得都沒差。

只有一人，只有那個人，在這世上、在這世界，最不想被看到這種場面的人，偏偏就站在那裡。

「——」

噗滋，昴聽見自己體內某種線斷掉的聲音。

在那之後，他的意識開始一口氣遠離。

直到剛剛還很清晰的意識被切斷，世界急速失去色彩，這次是真的拋下一切，昴的意識墜入地獄深淵。

「昴——」

感覺好像被應該聽不見的呢喃呼喚，之後一切都消失殆盡。

6

醒過來時，仰望的天花板陌生無比，昴對此皺起眉頭。

對於一睡醒腦袋馬上變清晰的昴而言，清醒時意識模糊的時間顯得格外貴重。品嚐數秒漫無邊際的感覺，昴開始摸索挖掘記憶。

在睡著前發生了什麼事？還有這裡是哪裡？

太陽穴附近在抽疼，那股痛楚讓昴想起一切。

「想起……來了……」

自己有多麼丟人現眼，又是在怎樣的情況下睡在這裡。

伸向額頭的手感覺有點緊繃，看到手腕上有沒印象的誇張疤痕，馬上就注意到自己被魔法治療過。

而且身體能像這樣感受到負傷的餘韻就代表——

「——我沒死啊。」

確認破皮的額頭還有骨頭碎掉的右手腕後，昴為這不留痛楚的治療技術發出感嘆，要是在胸口悶燒的屈辱感也能就此消失的話，就能當作一切都沒發生，全都一如以往了吧。不對——

「昴——」

凝視恢復意識的昴，唯有她充滿哀痛的視線，用任何魔法都無法治癒。

坐在床邊的椅子上，愛蜜莉雅藍紫色的瞳孔充滿擔憂。她將失去穿著意義的白色長袍折疊起來放在大腿上，然後一直看顧昴。

從窗戶照進來的西曬陽光，讓昴注意到現在的時間是在同一天的幾小時後。

「……國王候補的商討已經結束了嗎？」

昴脫口而出的，是應景的蒙混話。做好心理準備以為會聽到辯解的愛蜜莉雅，對這預想之外的話題微睜雙眼。

「嗯，結束了。彼此想說的話大多都在大廳裡講過，所以後面真的只有講細部事項，幾乎都是跟羅茲瓦爾確定後就結束了。」

搖頭的愛蜜莉雅，聲音聽來像是在感嘆自己的能力不足，昴察覺到自己從中感到安心。在那個王選會場，愛蜜莉雅也嚐到自己的無能為力而感嘆不已，昴從這樣的悲慘產生了共鳴。

為了不被察覺自己內心的想法，昴裝得更加輕浮。

「這樣啊，陪著睡過頭的我超浪費時間的，我們馬上回旅館吧。回收雷姆之後，得要擬定今後的王選策略吧？」

「昴。」

「不知道城堡裡頭哪裡會設置耳目，要想平心靜氣的說話，回宅邸是最好的吧？不對，首先要跟王都的有力人士交涉吧？」

「昴……」

「不對不對，反過來跟其他王位候選人締結某種程度的不戰協定才正確嗎？什麼時候在什麼地點、要怎麼進行，畢竟是很困難的戰鬥……」

「──昴！」

愛蜜莉雅尖聲呼喚說個不停、逃避當下情況的昴。

那道呼喊打斷敷衍搪塞，昴別開的視線和愛蜜莉雅相對。

「我們談一談吧。」

那個聲音平靜但卻無法動搖，對昴來說十分沉重。

站起來的愛蜜莉雅，緊抓著抱在懷裡的長袍，僵硬的臉比言語更能彰顯她接下來要說的話絕不輕鬆。

「我有好多話想問你……真的很多。」

「……哦，嗯，這樣啊。」

像在摸索要從什麼事開始說起，困惑的愛蜜莉雅雙唇顫抖。

她的猶豫昴十分理解，至今昴的所作所為，對她來說全都在想像之外──所以，如果要化作言語，愛蜜莉雅應該會質問「昴今天行動」的真意。

如果是這樣，那昴會厚臉皮地回以唯一的答案，但是……

「呃，那個……為什麼要跟由里烏斯那個……戰鬥呢？」

愛蜜莉雅說出口的話不同昴的預想，不僅如此，那還是最欠缺答案的事。那場戰鬥的意義，那種東西——

「一定是有什麼理由吧？昴一定是因為重要……」

在昴被擊垮的時候，由里烏斯出現在候客室，順著他的邀請前往練兵場時，昴立刻就判斷出他是要報復自己在大廳的無禮。

並且理解到自己和針鋒相對的由里烏斯之間的力量差距。

打從一開始就知道沒有勝算，但昴還是拿起木劍，挑戰毫無勝算的戰鬥並被打倒。

為什麼要做這種事？答案是——

「因為我想報一箭之仇。」

「……咦？」

抬頭仰望站在眼前的銀髮美女，看著她困惑的雙眸，昴繼續說道。

「我想顯示自己不是被遺棄的東西，要是能對那傢伙報一箭之仇，就能證明這點。就算只有一點點，只要能顯示出來，我……就能站在一起。」

語句不通暢，他憎恨無法表達得更好的自己。如果能發洩燻炙胸口的所有感情和癡情，就不會有這麼焦急不耐的心情了。

「昴……」

「只是意氣用事啦。他說我太沒用、弱小無力，是礙事的存在……配不上妳。我恨那個想讓我遠離妳的傢伙……所以才挑戰他。」

結果，就是這麼回事。

由里烏斯比在場的任何人都更嚴厲譴責昴，聲稱他配不上愛蜜莉雅。

但是不用他說，昴自己最清楚這一點。

為了裝作沒有領悟，昴拚命用來粉飾的面具卻被那男的輕易揭開，因此無法原諒他的昴挺身挑戰，結果就是這個下場。

「就為了那種事……？」

對於昴垂頭喪氣給出的無力答案，愛蜜莉雅輕輕屏息。

那跟她追求的更有意義的答案不同吧。她想相信的理想，被昴主張的無意義堅持給背叛。

聽到從她口中微微吐露的失望，昴開口回應。

「愛蜜莉雅醬，妳……」

顫抖的話語，逼迫被無力感苛責的昴招供。

那是多麼殘酷又不仁慈的行為，沒那個意圖的愛蜜莉雅不了解，所以昴連看都不敢看她，繼續用微弱的聲音述說。

「──愛蜜莉雅不了解啦。」

昴這麼斷言。

話一說出口，昴馬上就察覺到這是在遷怒。

那也代表拒絕對方試圖理解的態度，是斷絕心靈聯繫的差勁說法。

「——是嗎？」

連頭都不敢抬的昴，聽到像是鬆了一口氣的聲音。

接近嘆息的吐氣包含了同意，還有聽信昴說法的理解。

要是接下來沒有繼續追究這個話題，按照慣例會是她向自己伸出手。

昴對這反應感到安心而放鬆緊繃的肩膀，愛蜜莉雅對這樣的昴說了。

「我跟羅茲瓦爾明天就會回宅邸，昴就留在王都專心治療。」

「什麼？」無法領會話語的意思，昴直接將疑問化作聲音。

對於無法理解歪著頭的昴，愛蜜莉雅極力壓抑感情看向他。

「原本就是這樣約定的吧？昴來王都是為了治療疲憊至極的『門』。我跟菲莉絲約好了，之後你就接受他的治療好好休養。」

「不，等一下。」

「你留在王都的期間會在菲莉絲的……應該說是在庫珥修大人的卡爾斯騰家接受照顧。雷姆會跟你一起，所以不用擔心生活方面的事……」

「我說等一下！」

愛蜜莉雅快速道出昴今後的預定行程，理解到其中無法反映自己的意志後，昴粗聲粗氣地喊道。

昴伸出手抓住她的衣襬，像要依賴即將遠離的愛蜜莉雅。

「為什麼這麼突然……我……」

「……因為只要有我在，昴就會勉強自己吧？」

愛蜜莉雅依舊背過臉，回應昴微弱的聲音。聽到她的話昴倒抽一口氣，擠出聲音想讓不肯給自己看到臉的愛蜜莉雅回頭。

「那也不用那樣說吧……」

「難道不是嗎？從第一次見面的時候開始，在宅邸的時候也是，還有今天……全都是跟我在一起的時候發生的吧？」

如同字面上的意思，話中蘊含了明確的不服。

灌注了跟愛蜜莉雅完全不搭的負面情感，這段諷刺叫昴搖頭。

「我想說的不是這個……我只是……」

「只是？」

「我只是想為妳做些什麼，所以才會那樣。」

「為了我？」

愛蜜莉雅反問，昴帶著肯定的意志點頭回應。

他是為了愛蜜莉雅，才一個勁真摯地與命運對抗，只有這點，只有這份心情，希望不是其他人而是她能了解，所以……

「──是為了你自己吧？」

但是接下來的話，讓昴除了驚愕到說不出話以外沒有其他反應。

「——」

超越沉默，空白席捲昴的腦袋。

不明白被講了什麼，也不明白她想說什麼。

「我、我……只是為了……妳……」

悲傷嗎？痛苦嗎？悔恨嗎？想生氣嗎？想哭嗎？

——想讓妳開心。

——想為妳的願望盡一分力。

——想從會讓妳悲傷的所有原因裡保護妳。

昴一直認為，自己行動的動力是源自於對愛蜜莉雅的純粹思慕。

而且也堅信，自己的行動就算不用說，也一定可以傳達給她。

這個沒有顧及他人情感、自以為是的想法……

「——哇噗！」

柔軟的布料砸到臉上，處在放心狀態的昴驚嚇出聲。

拿開臉上的布，原來是有老鷹刺繡的白袍，他馬上就理解到，那是愛蜜莉雅把手中的長袍扔了過來。

但是那樣粗暴的舉止，和愛蜜莉雅的形象連不起來。

即使理性接受扔過來的人是愛蜜莉雅，但感情卻不想認同。

畢竟昴認識的愛蜜莉雅一直很溫柔，宛如慈母般洋溢關懷體貼，雖然她自己不認同還很堅持，但不會因此停止關懷他人，真的是個濫好人女孩。

所以這是為什麼呢？愛蜜莉雅的藍紫色瞳孔因感情的波濤搖晃，緊咬因激動而不住顫抖的雙唇，臉上的表情僵硬無比。每一樣，都是他第一次見到。

明明那樣的表情和眼神不適合她。

但被這兩個矛頭指著的，不是別人正是自己。

明知現在的狀況不該有這種感嘆，但昴還是覺得這樣的她──很美。

「說什麼這麼做一切都是為了我，停止這種謊言吧！」

感情的波濤化為淚滴，盈滿藍紫色的雙眸。

輕輕搖頭，愛蜜莉雅把累積已久的話全都吐出來。

「來到王城、和由里烏斯戰鬥、使用魔法……你說這些全是為了我？我從來沒有拜託你這麼做！」

「──！」

「我所想的、要你做的，應該全都告訴過你、拜託你照做了吧！」

「──」

「你記得吧？我拜託你的事。」

「我、我……」

自己的行動被她親口否定，昴的思考因害怕而凍結。

所以他無法從混亂的腦袋裡找到她詢問的答案。

看到無法回答的昴，愛蜜莉雅緊閉雙眼。

「我拜託昴，跟雷姆一起在旅館等待。」

「——」

「再使用魔法狀況會變得更糟，所以我拜託過你不要使用魔法。」

每一個「拜託」都曾聽過。

每一樣都是愛蜜莉雅擔心昴的身體，帶著希望他乖乖照做的想法而告知的話語，但是每一樣都被昴的自以為是隨意踐踏。

做出蔑視約定的舉動，認為只要做出更優秀的成果就能粉飾太平。這種輕率的想法，總是根植於昴的內心深處。

然而結果卻是昴不但對愛蜜莉雅的「拜託」視若無睹，還沒能拿出任何像樣的成果，露出只會絆住她腳步的醜態。

儘管如此，這些行動的源頭，只有這份心情確實——

「沒有聽妳的話是我不好，真的，我有在反省。可是不對，不是那樣，我不是為了我自己……」

只有源頭的心情是真的，只有這點希望她能了解。

可是昴的舌頭像麻痺一樣痙攣，抗拒再羅列更多的話。

無法繼續言語的昴，被愛蜜莉雅用悲傷的眼神凝視。

「愛蜜莉雅……妳不……相信我嗎？」

這是自私到無可救藥的話，是不該說出口的話。

那不是方才拒絕對方理解的人可以說出口的話。

「我想相信啊……我想相信昴。」

聲音泫然欲泣，搞不好是真的哭了。

可是昴沒有確認的勇氣，沒有面對面的勇氣。

她搞不好正在哭泣，明明可能害她哭了，原本是為了不讓她有那種表情才持續奔走的，但在最關鍵的時刻菜月昴卻──

「我想相信你……可是讓我信不過的，不就是你嗎！」

感情爆發。

穩重又理性，雖然不是從沒生過氣，但卻不曾變得情緒化、失去理智。

現下那道枷鎖鬆開，愛蜜莉雅直接宣洩滿溢而出的感情。

「你從來沒有遵守過約定，明明……跟我約好了，卻全都輕易毀棄，才會走到這種地步吧!?」

自己踐踏了講好的約定，也就是踐踏了信賴。

標榜著「全是為了她」，揮舞著只對自己有意義的大義名分。

「明明沒有遵守跟我的約定，卻說希望我相信你……就算你這麼說，我也做不到，做不到啊！」

不對！好想這麼大喊。

可是現實中的昴只是顫抖著喉嚨發不出聲音，脖子像被灌鉛固定一樣，繼續低垂著一動也不動。

顫抖、流淚、受情緒左右，少女懇求昴誠實回答，但昴選擇背過臉，繼續背叛她。

「……昴，為什麼你這麼想幫我呢？」

那一定是愛蜜莉雅幾度猶豫想問出口的疑問吧。

看到昴多次渾身帶傷奔馳，笑著強迫自己忍痛衝進險地的樣子，讓她不只一次硬生生地把疑問吞下肚吧。

所以現在在這裡，這個問題浮上檯面是必然的。

倘若不在這時開口詢問，愛蜜莉雅就會繼續把疑問塞在心裡，然後持續對莫名所以為自己鞠躬盡瘁的昴感到心痛。

而且這個提問，是愛蜜莉雅最後對昴伸出的救濟之手。

儘管認為講話輕薄、踐踏約定的自己什麼也傳達不出去，但是應該還是可以把答案真摯地傳達出去吧。

──為什麼昴要為愛蜜莉雅這麼拚命？

──為什麼來到這個世界之後對她如此執著？

「我會想為妳做些什麼，是因為妳救過我……」

「我……救過昴？」

「對啊。」

突然被召喚到異世界，搞不清楚狀況、走投無路，還無法避免被暴力相向，在以為會就這樣結束人生的世界裡。

「妳對我做的事成了我多大的救贖，妳應該不知道吧？可是我……雖然不能說，但卻被那拯救了。」

愛蜜莉雅當時救的不是性命，而是昴本身。

一開始不是昴先幫忙，而是愛蜜莉雅先給予幫助。昴的所有行動，說是為了回報她的恩情一點也不為過。

「我不懂，昴……」

「不懂也沒辦法，但是這是真的。我被妳所救，所以我的所作所為都是為了報答恩情……可是現在……」

不單單是這樣了。昴想接著說下去的話被打斷。

「——我說我聽不懂了吧！」

搖頭抗議，銀色的頭髮亂舞，這些話無法傳達給情感爆發的她。

愛蜜莉雅含淚看著昴，呼吸因激動而紊亂，肩膀上下起伏。

「我救過昴？根本沒那回事。我和你第一次相遇的地方是贓物庫，除此之外跟你沒有任何交集！」

「不對，我是說……」

「如果有比那更早的交集，如果你說的是真的，那我……我……」

以掌覆蓋顏面，拒絕昴的愛蜜莉雅聽不進去。她想把自己關在殼裡不出來，而昴的話卻無法阻止她那麼做。

不知道究竟是什麼觸碰到她的弱點，即使不知道還是必須說下去，所以昴順從情感的催促開口。

「妳可能不懂，可是聽我說，我說的是真的！來到這個世界之後，我一開始就對妳——」

瞬間——世界靜止下來，昴察覺到自己觸碰了禁忌。

時間凍結，這是萬物都停滯的世界。

連自己劇烈的心跳，還有方才還能聽見的愛蜜莉雅的聲音都遠離，甚至連尖銳的耳鳴殘留都消失無蹤，無聲世界就這樣平靜降臨。

自己的糊塗和不懂看狀況的黑影執行者，讓昴忍不住感到憤怒。

每當昴要訴說自己的特異之處時，影子就會給予沒有終點的痛苦。
停滯的世界會給觸犯禁忌的昴警告，之後才會恢復時間流逝。
──昴察覺到自己全身狂冒汗。
是因為影子的反覆無常嗎？痛苦的刑罰沒有降臨，但是要是照剛剛那樣繼續說溜嘴，影子就會毫不留情地在停滯的世界中折磨昴的心臟。一想到那痛楚……
應該說出口的話語滾落喉嚨深處，應該傳達的真摯想法無處可去，化作重石壓在昴的雙肩。
「……又來了，又什麼都不說。」
像是放棄、像是失望，愛蜜莉雅情感凍結的聲音敲擊耳膜。
不合時宜的憤怒湧上心頭。
無處可去的悲傷像要撕裂胸膛、不斷膨脹。
到底要我怎樣！
想真摯地傳達心情，愛蜜莉雅卻聽不進去。
想把所有來龍去脈都講出來，詛咒的黑影又會來妨礙、阻擾。
「為什麼會不懂啊……」
「……昴。」
「如果是愛蜜莉雅……我以為如果是妳就會懂的！」
「昴心中的我，很厲害呢。」

悲傷的決裂以及內心的隔閡，被這一句話給囊括。

茫然抬頭的昴，面前是轉頭看向一旁的愛蜜莉雅。

她嘴邊浮現的寂寞微笑，是對昴還是對自己綻放的呢？

「你什麼都不用說，我也全部都不用聽就能知道。昴心中的苦惱、悲傷和憤怒，我全都能像自己的事一樣感同身受。」

「……啊嗚。」

「——你不說我不知道啊昴！」

被否定、被打碎，幻想化為粉塵逐漸崩落。

掉到這個世界後，一直相信、作為靠山的東西即將消失。

「我的……」

豁出性命，就算痛也要咬牙忍耐，即使悲傷也會邊拭淚邊跨越，而這一切的一切，全是為了繼續守護心中描繪出來的偶像。

而今他了解到，那個不存在、擅自想像出的理想，正發出聲音瓦解。

「至今的所作所為，全部……」

嘴唇顫抖，眼睛深處好熱，舌頭痙攣，心臟的跳動劇烈到好吵。

抬頭和愛蜜莉雅四目交接，藍紫色的瞳孔只是洋溢悲傷看著這裡，因為自己映照其中的臉慘到沒得救了。

「——要不是我，妳會變怎樣!?」

尖著嗓子扯開喉嚨，發出幾乎要撼動候客室的怒吼。

「在徽章被偷的贓物庫，是我挺身從萬分危險的殺人魔手中救了妳！是我！這一切，都是因為妳很重要！」

抓著床單的手指顫抖，指甲陷進手掌，掌心開始滲血。

「在豪宅的事也一樣！我全身被咬卻還是拚死拚活！頭被打破、脖子被砍，即使如此還是救了村莊的人啦！雷姆也好、拉姆也好，一定都是以最棒的形式解決！這都是、都是因為有我吧!?」

羅列自己想到的功績，追求逐漸遠離的倩影。

「我不在情況會變得更慘，沒有人能得救，沒有人沒有人沒有人！這全部全部全部都是因為有我，因為有我在！」

在贓物庫的時候，在豪宅的時候，大家會得救都是自己行動的結果。

值得誇耀、值得被報答的功績，菜月昴的功績。

因為做了這麼多事，因為竭盡心力到這種地步。

「妳應該欠下我還也還不完的人情啊——!!」

連視為自己行動源頭的想法都背叛，昴喊叫出聲。

沒有回報的心情，渴求稱讚的虛榮心，期望被滿足的渴望，祈願被愛的利己心，如此引導著混亂至極的昴。

然後，那一句話對彼此而言，是決定性的話語。

就這樣，顫抖的嗓音投向額頭冒汗、呼吸急促的昴。

「你說得對。」

那聲音中帶著接受、看開、決心——亦即結束。

「因為我真的欠昴太多太多太多了。」

「嗯，對啊，所以我……」

「所以我全部還給你，當作結束吧。」

清楚告知的話，讓昴反射性地抬起頭。

然後，他看到愛蜜莉雅凝視自己的雙眸裡盡是空虛，才終於察覺自己在氣頭上說了不該說的話。

連自己最為純粹的思慕都拿來踐踏，像孩童耍賴鬧脾氣葬送一切。

若把自己和她的關係視為「借貸」關係。

「已經夠了，菜月昴。」

當「借貸」的天平達到平衡時，關係也就告終。

想為她做些什麼，以無償心態作為楔子的行為，只要添加計算在裡頭就會變成這樣。

從親暱的初次邂逅開始，她一直是直呼昴的名字，失去那份親密時，昴終於遲來地理解到情況已經無法挽回。

「待會兒雷姆會來，你就照著她說的做，之後的事我全部拜託她了。」

無法回應，而且對方也不奢求。

愛蜜莉雅逐漸走遠，別說是朝她的背影伸手，現在的昴連目送背影的勇氣都沒有。

物理上遠去的距離，還有超越物理距離的心靈距離。

「我呢……」

突然，手放在門上的愛蜜莉雅停下腳步，接著這樣的低語落在房內。

與其說是講給昴聽，小聲的絮語更像是說給自己聽。

「本來很期待，說不定昴對我……只有昴不會對我另眼相看，就像對其他人一樣，像對普通人一樣，像對普通女孩那樣，不會把我區別看待……」

在舉辦王選的大廳裡，她要求公平對待。

身為半妖精的事實，逼她將苦痛的時間用在請求那樣微不足道的小事，但是……

「那是不可能的。」

昴也以小聲的呢喃回應。

愛蜜莉雅的自言自語不是要求昴給答案，所以昴的低喃也不是回答她，而是說給自己聽的東西。

反芻愛蜜莉雅說出口的話，昴微弱無力地搖頭。

「就算把全世界的人都抽走我也辦不到，我對愛蜜莉雅……唯有對妳，我無法用看待其他人的眼光對待妳。」

這點是毋庸置疑的真心話。

門響起關閉的聲音，空氣瞬間鴉雀無聲。

一個人留在房內，在床上縮起身子的昴視線泅游不定。

驀地，掛在床角、拖到地面的長袍映入眼簾。

伸手將之拉到身邊抱緊，感覺上頭還留有方才抱著這袍子的人的溫度。像要維繫快要消失的溫暖，昴將袍子摟在懷裡。

——然後這一天，是菜月昴頭一次真的在異世界變成孤零零一個人。

終章　『騎士們的想法』

1

「那麼，有什麼要辯解的嗎？騎士由里烏斯。」

「不，完全沒有，一切就如報告的內容。」

在日照進不來的昏暗室內，兩名男子正在交談。

地點在與王城相鄰的騎士團兵營，這裡是團長室。兩人分別是坐在辦公桌後的馬可仕，以及在辦公桌前站得直挺挺的由里烏斯。

「就算被斷定為近衛騎士不該有的作為，我也沒有任何怨言，任憑團長處置。」

由里烏斯連同劍鞘從腰部取下配劍，將之放在辦公桌上。

面對他交出劍的態度，馬可仕深深嘆氣。

「在王選對談的過程，拘留候選人的關係人並帶至練兵場，還毒打到要送進治療院嗎？光就字面上來看，不是用普通處罰可以了事的內容。」

不過，被譽為「最優秀」的騎士，究竟是在想什麼而引發這件事呢？馬可仕的「騎士」之血可沒薄弱到無法洞察。

「情況有斟酌的餘地，練兵場上的其他騎士，也有不少人擁護你的行為並表達求情。話雖如此，做過頭就是做過頭了。」

少年在練兵場上所受的傷，遠超過「模擬戰」應有的等級。

「你就這麼不能原諒貶低騎士驕傲的人嗎？」

「不管怎麼掩飾這都是個人私怨，一切都是我無德無能導致的，還請團長別再為屬下開脫。」

弔詭的是，由里烏斯自始自終都堅持要受罰。面對這頑固的態度該說什麼才好？馬可仕垂下視線思索，就在這時——

「嗨——久等了，菲莉醬回來囉。」

態度隨便地推開門，將近衛制服穿走樣的菲莉絲進入房間。

他一看到面對面的馬可仕和由里烏斯，就掩著嘴唇詭異地笑。

「唉呀呀，這麼熱情地對視，菲莉醬打擾兩位了？」

「……少說些有的沒的，快點報告，早熟屁孩。」

「唉喲喲，團長，露出本性囉。」

「在部下面前要有長官的樣子啊……算了，總之快點報告。」

馬可仕馬虎地揮揮手，菲莉絲站到由里烏斯身旁。

「按照團長命令，火力全開治療好昴啾了。傷口癒合，骨頭接起來了，牙齒也已經再生，已經不要緊了喵。」

「辛苦了，沒什麼疏漏吧？」

「如果菲莉醬會疏漏，那這世上也沒有人能找到喵。身體方面的傷勢沒問題，心靈方面就不知道了呢。」

搖動貓耳，菲莉絲用淘氣的眼神對身旁的由里烏斯送秋波。

「不──過呢，由里烏斯真的好溫柔，那份顧慮和關懷，到底俘虜了多少女孩呢？菲莉醬也跟著小鹿亂撞──呢。」

「我不懂你發言的意圖，菲莉絲。」

「就算不那樣擺架子，直覺敏銳的孩子也會察覺，對沒察覺到的傢伙，能立即見效也不錯喵。還是說，菲莉醬和團長看起來像是腦袋空空的笨蛋，都沒察覺到你的想法喵？」

由里烏斯保持沉默，讓菲莉絲更加愉快地眯起眼睛。

「呼呼，安靜下來很──可愛。不過放心吧，因為被由里烏斯狠狠摧殘過，所以不用擔心煞車失靈的同伴會出手喵。」

「──」

菲莉絲壞心的話，讓由里烏斯微微浮現苦笑。

「對於出言侮辱騎士身分的小伙子，年輕的同伴應該個個都在摩拳擦掌，畢竟隸屬近衛騎士的傢伙，都附有高超劍術和高自尊心的保證嘛。」

默默聽取兩人對話的馬可仕點頭，對由里烏斯的判斷表示理解。

昴在王選會場的舉止——騎士們的不滿，會尋求一個爆發的場所。

「要是哪個傢伙搶先一步接觸那小子，最糟的情況可能會以無禮不敬為名砍死他。」

「所以有必要盡快讓昴啾被騎士之手蹂躪囉。」

接續馬可仕的話，說出結論的菲莉絲指向由里烏斯。

「由里烏斯不動手的話，菲莉醬本來想說——要親自動手的呢。」

「有句話叫適才適性，他不可能會跟必須治療自己的你敵對吧，而且我還有就算出手也不會不自然的理由。再加上，該怎麼說呢……我也有自信能把這件事處理得最完美。」

「二流對手交給由里烏斯就對了，你平常也多揮點劍吧。」

「才——不要咧，滿身大汗還要揮劍，菲莉醬白裡透紅的手掌會起水泡，到時候可就沒臉見庫珥修大人了。」

隨性躲過團長命令的菲莉絲，讓馬可仕露出投降的表情嘆氣。

接著，他重新面向現在也在等候發落的由里烏斯。

「騎士由里烏斯・尤克歷烏斯，在此宣判你的處分。罰你閉門思過五天，禁止進入兵營以及前往王城，這段期間你的劍由我保管。」

「——屬下領命。」

閉眼像在沉吟被告知的內容，由里烏斯將騎士劍交給馬可仕。

收下象徵騎士驕傲的騎士劍，馬可仕靜靜搖頭。

「抱歉，本來你不用負這個責任。」
「團長您已經盡其所能做到最完善了，一度瓦解的近衛騎士團，今日能精良強大勇猛健壯，都是因為有團長。」
「就是說啊，除了庫珥修大人，能讓菲莉醬乖乖聽話的就只有團長喵，所以請對自己更有自信。」
「既然你這麼說，那就好好穿上男性制服吧。」
聳肩的菲莉絲，似乎在說只有這個命令不聽從。馬可仕將由里烏斯的劍慎重地擺在桌上，然後重新坐回椅子。
「事情就是這樣，我要處理的雜務多不勝數，命令你們離開。」
這句命令，就是馬可仕從個人恢復到公務員身分的證據。
由里烏斯恭敬行禮，菲莉絲則是簡略地行禮後離開房間。
兩人一走出房間，留在靜謐空氣中的馬可仕便背靠椅背瞪視天花板，他在煩惱的不是剛剛的模擬戰，而是其他問題。
會議結束後，負責城堡警備的衛兵上呈了報告。
「確認侵入王城的犯人身上有鷹之家紋就帶到大廳……是嗎？」
這是正門衛兵被囑咐的內容，也是菲魯特的關係者——老人被抓後，衛兵會前來尋求馬可仕指示的原因。

亦即，打從一開始，會有入侵者這件事就已經決定了。
「到底有何企圖……羅茲瓦爾。」
向衛兵下達指令的人物——一想起打扮像小丑的男子，馬可仕就咬牙切齒。
那個怪人在策劃什麼？心煩意亂讓他嚴峻的表情繃得更緊。

2

「不管怎麼說，團長也太不通情理了，既然看出了內情，無罪赦免不就好了嗎喵，對吧？」
「對外不能這樣處理呀，而且我也不希望無罪赦免。」
並肩走在兵營走廊上，菲莉絲望著由里烏斯沉著的側臉。
他看起來很滿意的樣子，菲莉絲嘟起嘴唇。
「既然如此，由里烏斯接下來打算怎麼辦？」
「當然是遵照團長命令回家反省囉，還要跟安娜塔西亞大人說明事情經過……不過我很掛心，那位大人不是會老實聽話的個性。」
「不過，就是這種地方叫人喜歡吧？菲莉醬也懂喵。」
自行解釋由里烏斯的話後，菲莉絲陶醉地臉紅。
這時由里烏斯像是想起了什麼，轉頭詢問菲莉絲。

「對了菲莉絲，先前提到的那個人……」

「現在愛蜜莉雅大人跟他在一起，之後……我想會改到卡爾斯騰宅邸養生吧。」

在提問的內容全說出來以前，菲莉絲的嘴巴就先吐出失去溫度的答案。聽完，由里烏斯也閉上眼睛沉思片刻。

「養生……嗎？看來他身體內外的傷比看得見的更嚴重。」

「菲莉醬什──麼都沒有說喵。」

菲莉絲顯而易見的態度，讓由里烏斯推測出昴被收留的背景。

然後，聰明的他馬上就循線找到答案。

「──愛蜜莉雅大人的個性，真的很吃虧呢。」

「明明可以活得更聰明……是這樣嗎？」

「不，因為被那樣對待，那位大人才能以自己的風格高貴美麗地活下去吧，我不希望那個風格改變。正因如此，我們所能做的只有期望，期望每個人都能以不辱自己的端正高雅方式過活。」

抬頭面向前方，由里烏斯再度前進。遲了半步跟上的菲莉絲，將手放到身後交握，前傾身體仰望由里烏斯。

「裡頭，也包括那男孩嗎？」

「就說是每個人了，菲莉絲，我等也是為此持劍的。」

——他認輸了嗎?由里烏斯心想。

要是就這樣認輸的話，在這裡認輸對他來說才叫幸運。

但是，如果這種程度的事也無法叫他認輸……

「再次和高揭理想的愚者交劍也不壞。」

「唉——就算由里烏斯是那樣想的，昴啾應該是敬謝不敏喵，畢竟是被那樣公然凌遲。喂，我問你。」

「幹嘛?」

「雖然意圖跟內情很多，不過果然還是有點生氣吧?」

菲莉絲這番像是試探的話，讓由里烏斯停下腳步轉身面對他。

「真遺憾，菲莉絲。我是騎士，好歹也對自身有所要求。」

要求自己的行動沒有任何愧疚可恥之處，由里烏斯筆直凝視菲莉絲。

「煩躁的時候是有一點啦。」

「菲莉醬可是有很多點喔。」

彷彿說了最大的玩笑，兩人一齊笑了出來。

就這樣抵達兵營入口，兩人對彼此伸手交握。

「那麼，會有一陣子見不到面，衷心期望你的主君健壯如昔。」

「由里烏斯也是，就算被安娜塔西亞大人碎碎念也要加油喔。由里烏斯幹的好事我會幫忙收拾……嗯哼，我這邊會接手的。」

揮舞握過的手後，菲莉絲背對由里烏斯邁開步伐。

目送那道背影，由里烏斯望著遠去的友人——同時也是敵人。

「繼任王位的會是安娜塔西亞大人。」

「不——對，庫珥修大人才適合坐上王位。」

互相交換宣戰佈告，騎士們回到各自的主君身旁。

傍晚天空傾倒的日光，將住在王都的人們全都平等地染成紅色。

——各自的王選，如今正要開始。

《完》

後記

大家好，我是長月達平，也是鼠色貓，本名又是另外一個！

若是因為名字太多而覺得困擾還請放心，國中二年級的時候，我的名字豈止三個，有六個之多呢。從前世眾多名字中繼承兩個，然後真正的自己——停止！不要開啟那段黑歷史，伊甸會啟動的！

好啦，從這集開始的「再訪王都篇」，在網路版小說裡是第三章的內容。原本狹隘的場面使得Re：Zero的登場人物有所受限，不過從本集開始，正式角色一口氣倍增啦！

特別是女孩子的外表都華麗到叫人憎恨，屈服在大塚老師的設計力下，陷入「可惡，好高興！」這種文章受擺弄的下場。

不過，第四集在作業上可說是嚴酷至極，由於我的本業也進入死亡行軍時期，因此主要是在附近的家庭餐廳寫作。

最近已經到結帳時會被店員說「您辛苦了」的等級，那根本就是背地裡給我取的綽號，我被叫做蔬果汁啦。

長月達平、鼠色貓、蔬果汁、本名……停止！伊甸會啟動的！

順利地到達尾聲，讓我們回來慣例的致謝詞。

首先，跟我一同跨越地獄般工作行程的池本責編，凌晨四點收到你的電子郵件，害我擔心你會不會過勞死呢，辛苦了。

還有，儘管第四集的登場人物比前三集多一倍，但大塚老師依舊面不改色地完成設計，畫出的每個角色都精緻無比。書寫他們和她們的活躍場面，將比以往更有樂趣！

魔法使者草野老師，這次也用幻想風魅惑我。堅持到最後一刻完成最棒的作品，這份熱情總是叫我感謝。

其他還有校正人員和行銷人員，這部作品受到用上店鋪特典的各家書店及許多人的支持，真的是萬分感謝。

最重要的是跟隨這部作品進入第四集的各位，因為有你們，我才能寫出真正想寫的東西，感激不盡。

那麼，昴的苦痛就留待第五集見囉。

2014年5月　長月達平《滯留十二個小時而被店員翻白眼看待中》

あとがき
ゴゴゴ…
回過神來已經第4集了！由於王選是從這一集開始，因此主要角色一口氣增加不少。
探頭
ジー…
所以說，沒出現在插畫的角色變多了。這次拉姆和碧翠子沒能出現，所以就借用這裡畫看看！
オツカミシンイチロウ

「公主，事情就是這樣，我們必須負責下一集的預告，怎麼辦？」

「什麼怎麼辦，不怎麼辦呀，阿爾。平庸愚昧的凡夫俗子既然那麼想要妾身的慈悲，那麼展示威儀讓他們服從也是一種消遣吧？」

「那就是會老實照做囉？我放心了。那麼，關於下一集的內容……」

「自命不凡卻被半魔捨棄的庸奴留在王都，身上累積了因後悔和焦躁而產生的鬱悶，無處可去的感情尋求可以宣洩的矛頭……就是這樣吧。」

「唉——兄弟活得也很痛苦呢。」

「因為是凡夫俗子啊。對妾身來說，這終究是無法理解的醜陋掙扎求生。」

「在變成那樣之前發生了什麼事？這部分可以在漫畫裡看到喔。」

「再加上月刊Comic Alive的漫畫版作品，還有Deka文庫以及短篇小說的刊載，不過是尋常人的待遇呢。」

「連月刊BIG GANGAN也決定要刊登漫畫版，Re:Zero企劃聲勢如日中天，還有很多在暗地裡策動的故事，其實不會無聊的。」

阿爾

Al

「哈！那當然。不過是在妾身正式出場前吸引眾人目光，就這樣網羅俯首膜拜的愚昧之徒吧。」

「還是一樣感覺超良好的呢，公主。」

「這個世界會安排對妾身來說有利的事——這是天意。」

「那麼，被天意放棄的兄弟，之後會變得怎樣呢？」

「要看《Re：從零開始的異世界生活》第五集，發售時間大概是在十月左右……喂，怎麼那麼久？阿爾，給我做點事。」

「照公主所言這是天意，是對公主來說有利的事情吧？」

「原來如此，言之有理。你還蠻懂事的嘛，阿爾。就照這個步調，為妾身鞠躬盡瘁吧。」

「好啦好啦……看看這種有領導力的地方，也是挺可愛的嘛。」

「看到這點的凡夫俗子也一樣，為妾身勞心勞力吧，你們這些庸才的任務就只有這個。」

Re:從零開始的異世界生活 4

原書名：Re:ゼロから始める異世界生活 4

作者：長月達平
插畫：大塚真一郎
譯者：黃盈琪

2016年4月25日　初版一刷發行

發行人：黃詠雪
總編輯：洪宗賢　　副總編輯：王筱雲
責任編輯：葉依慈　責任美編：胡星雯

國際版權：劉瀞月

出版者：青文出版社股份有限公司
住　址：10442台北市長安東路一段36號3樓
電　話：（02）2541-4234
傳　真：（02）2541-4080
網　址：www.ching-win.com.tw

法律顧問：敦維法律事務所 郭睦萱律師

製　版：嘉陽印刷事業有限公司
印　刷：立言彩色印刷有限公司

國家圖書館出版品預行編目資料

Re：從零開始的異世界生活 / 長月達平作；黃盈琪翻譯.
-- 初版. -- 臺北市：青文, 2016.04-
冊；　公分

譯自：Re：ゼロから始める異世界生活
ISBN 978-986-356-324-2(第4冊：平裝)

861.57　　105003289